북촌로 향기

북촌로 향기

초판 1쇄 발행일 2015년 12월 3일

지은이   고옥귀
펴낸이   고옥귀
펴낸곳   방촌문학사
편집인   최상만
출판등록   2015. 9. 16(제419-2015-000015호)
주소   강원도 원주시 소초면 교항공산길 21-10
전화번호   033-732-2638
이메일   dhdpsm@hanmail.net
인쇄 및 제작   ㈜북랩

ISBN   979-11-956531-0-2 03810(종이책)   979-11-956531-1-9 05810(전자책)

이 도서의 국립중앙도서관 출판예정도서목록(CIP)은 서지정보유통지원시스템 홈페이지(http://seoji.nl.go.kr)와
국가자료공동목록시스템(http://www.nl.go.kr/kolisnet)에서 이용하실 수 있습니다.
(CIP제어번호 : CIP2015032920)

북촌로 향기

고옥귀 장편소설

방촌문학사

차례

1

소문

대한민국 수도 서울 도심지에 자리 잡은 큰 마을, 이른바 한옥마을 북촌로.

조선 시대를 방불케 하는 한옥들이 즐비했다. 집집이 굳게 닫혀 있는 대문은 넓고 높았다. 주인들의 위상을 높이려는 듯했다. 큰 대문의 색깔은 황금빛으로 번쩍거렸으며 무엇보다도 튼튼하기가 이를 데 없었다. 함부로 근접할 수 없는 마을임에는 틀림이 없었다.

거기다가 한옥과 한옥 사이를 연속적으로 이어 놓은 돌담은 자로 재어 놓은 듯 가지런했으며 어른 키를 훌쩍 넘긴 돌담의 높이 때문에 한옥 집안을 들여다본다는 것은 엄두도 낼 수 없는 일이었다.

한옥들이 양쪽으로 즐비한 길은 눈이 닿지 않을 만큼 길었고 지푸라기 하나 날리지 않을 정도로 깨끗하고 단정했다. 바람도 비켜

갈 듯한 정교한 마을이었다. 그 마을을 향해 성큼성큼 걸어가는 미홍이.

미홍이는 올해 열 살. 물론 정확한 나이는 아니었지만, 사람들 입질에 오르는 나이에 비추어본다면 열 살이 맞을 듯도 했다. 미홍이는 떠돌이였고 부모가 누군지도 모르는 걸식하는 사내아이였다. 한옥 마을을 성큼성큼 걸어가는 모습이 제집을 향해 걷는 듯 거침이 없다.

사방은 조용했고 주위는 어둑했다. 아직 이른 새벽이다.

밥 냄새를 맡기에도 이른 시간이지만 아침이 되면 밥 한술 얻어먹을 수 있을 거라는 심사로 사방을 두리번거리며 걸었다. 미홍이의 눈에 띄었던 한옥 한 채를 향해서였다. 그 한옥에는 대문으로 향하는 돌계단이 있었다. 대문 안 돌계단은 먼지 한 톨 없이 깨끗했고 대리석처럼 매끈했다.

미홍이는 돌계단을 성큼성큼 걸어 올라갔고 대문 옆 큰 기둥 뒤에 몸을 숨기듯이 하며 쭈그리고 앉았다. 대문이 워낙 컸고 넓었던 탓인지 대문을 받치고 있는 기둥 역시 컸다. 둥글고 큰 기둥 뒤는 미홍이가 편안하게 앉아 있을 만큼 아늑한 공간까지 있었다. 정말로 몸을 숨기고 앉아 있기에는 안성맞춤인 곳이었다.

미홍이는 기둥 뒤 작은 공간에 몸을 숨기듯이 쭈그리고 앉았다.

1. 소문

이대로 앉아서 기다리면 아침이 밝아 올 것이고 허연 쌀밥 한 종지를 얻어먹을 수 있을 것이다. 배는 아까부터 꼬르륵거렸다. 뱃속에서 꼬르륵거리는 소리가 날 때마다 두 눈이 앞으로 쏟아질 것 같았다. 창자가 꼬이는 것처럼 아프기도 했다. 그러고 보니 뱃속에 보리밥 한 덩어리라도 쑤셔 넣었던 게 엊그제 같았다. 눈앞이 하얘지면서 금방이라도 쓰러질 것 같았다.

미홍이는 배를 움켜쥐고 땅바닥에 털썩 주저앉아버렸다. 그리고 무릎을 세우고는 무릎 위에 얼굴을 묻었다. 창자가 꼬이듯이 아팠고 얼굴은 점점 무릎 사이로 푹 파묻혀갔다.

그때였다. 말발굽 소리가 요란하게 들렸다. 조용하고 위상 높은 한옥 마을을 뒤흔들어 놓을 듯한 소리였다. 미친 듯이 달려오는 흑마 한 마리. 잘 다듬어진 털에서는 윤기가 좌르르 흘렀고 멋을 부린 듯한 꼬리는 바람이 불 때마다 날개처럼 황홀하게 휘날렸다. 틀림없이 높은 벼슬아치 양반의 말인 듯했다.

이른 새벽에 무슨 급한 일이기에 저렇게 속력을 내며 달릴까? 말발굽 소리도 요란하게 흑마는 바람처럼 달려오고 있었다. 흑마의 속력을 재촉이라도 하는 듯 흑마 등에 타고 있는 도포 차림의 사내는 채찍질까지 하고 있었다. 하이얀 도포 자락을 휘날리며 채찍질로 흑마의 속력을 재촉하고 있는 사내는 언뜻 보아도 벼슬하는 양반인 듯한데 그 행색으로 보아 여간 심상치 않아 보였다.

도포 자락 앞섶은 언제 풀렸는지 앞뒤로 휘날렸으며 머리에 쓰여 있어야 할 갓은 목 뒷덜미에 대롱대롱 달려 있었다. 자신의 그런 행색은 아랑곳없이 흑마의 등에 채찍질하며 속력을 재촉하는 사내. 한옥 마을의 끝 길에서 한옥 마을로 들어서는 흑마의 속력은 그야말로 바람 같았고 빛의 속도 같았다.

풀린 하이얀 도포 자락이 회오리바람을 일으키는 듯 빙빙 날리는데도 흑마를 향한 채찍질을 멈추지도 않았다. 미친 듯이 채찍질을 하는 사내. 미친 듯이 달리는 흑마. 양반 기상이 넘쳐 보이는 사내이건만 흑마를 향해 채찍질하는 모습이 잔인하기까지 했고 채찍질에 못 이겨 달리는 듯한 흑마 역시 미쳐 날뛰는 모습이었다.

그런데 기이하게도 흑마는 한옥 마을에 들어서면서 미홍이가 쭈그리고 앉아있는, 황금색 대문 앞에서 말 울음을 내며 우뚝 멈추어 서는 게 아닌가? 익숙하고 안정된 자세로 우뚝 서버리는 흑마. 그리고 하이얀 도포 자락을 휘날리며 말 등에서 뛰어내리는 사내.

사내와 흑마는 한몸인 듯 느껴졌다. 말에서 뛰어내린 사내는 황급하게 돌계단을 뛰어오르는가 싶더니 급하게 대문을 두르려 댔다.

"쾅, 쾅, 쾅."

다급하게 두드렸다.

1. 소문

"쾅, 쾅, 쾅."

절박한 두드림이었다.

"쾅, 쾅, 쾅."

분노가 섞인 두드림이었다. 그리고 거칠었다.

흑마는 그런 주인의 마음을 대변이라도 하듯

"휘잉---잉."

길게 말 울음을 토해냈다.

사내는 한 번쯤 이리 오너라, 하고 호령이라도 할 만한데 호령은
커녕 숨소리만 거칠게 내뿜으며 대문을 두드려 댔다. 이른 새벽에
고요를 둔탁하게 깨고 있는 대문 두드림. 그리고 말 울음에 익숙
한 듯 안에서는 벌써 인기척이 나고 있었다.

빗장이 풀리면서 대문이 활짝 열렸다.

"어엇, 대감마님. 대감마님이 오셨습니다."

빗장을 풀고 대문을 활짝 열어젖히는 하인 김 씨는 소스라치게
놀라며 떨리는 소리로 외쳤다. 대궐에 계셔야 할 구정모 대감이 이
이른 새벽에 집으로 오셨다는 것도 그렇지만 구정모 대감의 행색
에 놀라서였다.

그렇다. 흑마에 채찍질하며 미친 듯이 달려온 이 사내는 이 나라
의 판서 좌의정 대감이었다. 판서 좌의정 대감 구정모 대감이었다.

그런 구정모 대감이 체면 없이 도포 앞자락을 풀어헤치고 갓은 떨어져 목 뒷덜미에 대롱대롱 달려 있었으니 하인 김 씨가 놀랄 만도 했다. 놀란 입을 우물거리며 대감마님을 부르는 하인 김 씨 따위는 눈에 들어오지도 않는 듯 구정모는 앞마당을 황급히 들어섰고 눈 깜짝할 사이에 안채 큰 대청으로 올라섰다.

대청으로 올라선 구정모는 헛기침도 없이 안방 문을 벌컥 열어젖혔다. 순간 구정모는 눈알이 튀어나오는 것 같았다. 잠시 몸이 떨렸다. 입을 벌린 채 숨을 몰아쉬었다.

소문대로였다. 헛소문이 아니었다. 그 소문들이 헛소문이 아니었다. 안방의 광경은 소문 그대로였다. 부인 권소라가 밤마다 안방으로 사내를 끌어들인다더니 눈 앞에 펼쳐진 광경은 망측스럽고도 기이했다.

부인 권소라는 누가 보아도 정숙하고 단정했던 여자였다. 아니, 어쩌면 구정모 자신보다도 엄격하고 위엄있게 집안을 통솔했었다. 그런 부인이 아랫도리 옷을 홀렁 내려놓은 채 베개에 얼굴을 묻고 엎드려 있었으며 사내 한 놈이 부인의 곁에 바짝 붙어 앉아서 부인 권소라의 아랫도리 속살을 거침없이 만지작거리고 있는 게 아닌가? 사내는 방문 열리는 소리에 놀란 듯 화들짝 일어섰다. 그리고 방문 쪽으로 몸을 돌렸을 때였다.

1. 소문

구정모는 사나운 짐승처럼 으르렁거리며 한달음에 방안으로 뛰어들었고 공중을 향해 추켜올린 손에는 이미 번쩍거리는 칼 하나가 쥐어져 있었다. 구정모는 사내를 향해 돌진하는가 했더니 사내의 가슴을 향해 힘껏 찔러댔다. 마치 장작 패는 도끼 내려치듯 사내의 몸에다가 칼을 찔러댔다. 미쳐 날뛰는 짐승의 난폭함이었다. 그 순간 구정모는 미쳐 날뛰는 한 마리의 짐승이었다. 사내는 비명도 지르지 못하고 휘청거렸고 구정모는 휘청거리는 사내를 움켜쥐면서 몇 번이고 몇 번이고 찔러댔다. 미친 듯이 찔러댔다.

그에 비해 사내의 날카롭던 비명은 짧았다. 이어 신음처럼 둔탁하게 작아지는 소리. 늙수그레한 사내는 가슴을 움켜쥐며 허리를 바짝 구부렸다. 그러나 구정모의 팔은 머리 위까지 들어 올려졌고 핏방울이 뚝뚝 떨어지는 칼날이 번쩍거리는가 했더니 한 번 더 장작 패는 도끼 내려치듯 사내의 가슴팍을 향해 푹 찔렀다.

눈 깜짝할 사이였다. 구정모의 얼굴은 살기로 번득이며 일그러졌고 칼날이 긴 단도 칼을 휘두르며 늙수그레한 사내를 향해 무차별하게 찔러댔다. 늙수그레한 사내는 피범벅이 된 몸을 간신히 세우며 구정모를 향해 눈을 부릅떴다.

아! 그 순간 미쳐 날뛰던 구정모의 눈에도 늙수그레한 사내의 얼굴이 들어왔다. 칼끝이 긴 단도 칼을 휘두르며 늙수그레한 사내를 찔러대던 구정모의 손이 멈추어졌고 구정모의 손에 들렸던 피 묻은 단도 칼이 힘없이 떨어졌다.

가슴팍을 정확하게 찔리고 무차별하게 휘두른 칼날에 여러 부분이 찔렸던 늙수그레한 사내는 힘없이 얼굴을 들어 구정모를 노려보며 눈을 부릅떴다. 그 순간 구정모는 칼을 떨어뜨리며 심장이 멎는 듯한 소리로 부르짖었다.

"장인어른!"

그랬다. 구정모가 칼을 휘두르며 미친 듯이 찔러댔던 상대는, 그 늙수그레한 상대는 다른 사람이 아닌 바로 구정모의 장인 권 씨였다. 부인 권소라의 아버지였다.

부인 권소라의 속살을 어루만지고 있었던 사내가 다름 아닌 장인어른 권 씨였다니? 이런 기이한 일이 어디 있단 말인가? 구정모는 피 묻은 칼을 떨어뜨리고 피범벅이 된 방바닥에 털썩 앉아버렸다. 구정모는 이미 정신을 놓아버린 사람처럼 맥을 놓아버렸다.

장인 권 씨는 나무토막처럼 저만치 내동댕이쳐 있었지만 이미 신음도 끊겼고 모든 동작은 정지되어 있었다. 너무도 짧은 순간에 안방에서는 진저리나도록 피 냄새를 풍겼다. 방바닥은 피범벅이었고 하이얀 도포 차림의 구정모는 맥을 놓은 채 피범벅이 된 방바닥에 털썩 주저앉은 채였고 장인 권 씨는 피범벅이 된 몸으로 죽어 있었다.

1. 소문

눈 깜짝할 사이의 일이었다. 그 순간 모든 시간은 정지되었고 구정모 대감은 돌부처처럼 경직되어 있었다. 권소라는 아랫도리 옷을 추켜올리며 치마폭을 내렸다. 그리고 이미 숨이 끊어진 아비의 시신을 끌어안았다. 권소라의 눈에는 눈물이 흐르지도 않았다. 눈물이 고이지도 않았다. 권소라의 눈에는 분노만 일렁댔다. 살기보다 더 매섭고 지독한 분노였다. 그런데 이게 웬일인가? 아비의 시신을 끌어안은 권소라는 목을 치켜세우며 벼락같은 큰소리로 외쳤다.

"하인 김 씨가 내 아비를 죽였다. 저놈을 잡아라! 하인 김 씨 놈을 잡아라."

독침보다 더 무서운 소리였다. 날카롭고 앙칼진 소리였다. 권소라의 외침이 안방을 채우는 듯하더니 밖으로 튀어나갔다. 권소라의 소리는 독한 독처럼 퍼져나갔다. 독침 같은 그 외침에 놀라 집안 하인들이 그때야 몰려들었다. 여종들이며 하인들이 서둘러 모여들었다.

지체 높은 양반의 안방이다. 감히 얼씬도 할 수 없었던 안방 문이 활짝 열려 있었고 방안에서는 독한 피비린내가 나고 있었다. 그리고 피범벅이 된 방바닥. 그 방바닥에 지체 높으신 구정모 대감이 털썩 주저앉아 있었다. 바라보던 사람들의 얼을 빼놓을 듯한 끔찍스런 광경이었다.

하인 김 씨는 발아래 떨어진 칼을 집어 들었다. 구정모 대감이 떨구었던 칼이었다. 주인의 물건을 지키려는 하인의 본능이었다. 하인 김 씨는 하인의 본능으로 칼을 집어 올렸던 것이고 하인 김 씨가 칼을 집어 든 순간 권소라의 영악한 머리에서는 지아비를 지키려는 본능이 작용했다.

권소라는 소리쳤다. 소리쳤고 소리쳤다.

"저놈을 잡지 않고 뭣들 하는 거야. 저놈이 내 아비를 죽였어! 저 살인범을 잡으라는데도 뭣들 하는 거야?"

서릿발 같은 안방마님 권소라의 재촉이었다. 권소라의 서릿발 같은 재촉에 하인들은 한참 동안 어리벙벙했었다. 하인 김 씨가 사람을 죽였단다, 더군다나 안방마님 친정아버지를 죽였단다, 믿어지지가 않았고 믿을 수가 없는 일이었다.

그러나 안방마님 권소라는 죽은 아버지를 끌어안고 있었으며 하인 김 씨는 피가 뚝뚝 떨어지고 있는 칼날 긴 단도 칼을 들고 있었다. 주인의 물건을 지키겠다는 하인의 본성 때문이었을까? 아니면 너무 놀라서 깨닫지 못하고 있었던 것인가? 하인 김 씨는 피가 뚝뚝 떨어지고 있는 칼끝이 긴 단도 칼을 아직도 쥐고 있었고 안방마님 권소라는 살인범 하인 김 씨를 잡으라고 소리치며 재촉했다.

구정모 대감이 장인 권 씨를 찔렀을 거라고는 아무도 상상할 수 없는 상황에서 권소라의 외침 한 마디는 하인 김 씨를 살인자로 몰아가기에 충분한 기회가 되었다. 그리고 아무도 본 사람은 없었다. 몰려든 하인들과 여종들이 목격했던 건 피가 뚝뚝 흐르고 있는 단도 칼을 집어 들고 벌벌 떨고 있는 하인 김 씨였고 죽은 아버지를 끌어안고 오열하던 안방마님 권소라였다.

권소라는 피범벅이 된 채 숨을 거둔 아버지를 끌어안고 오열하면서 울었고 울부짖듯 하인 김 씨를 잡으라고 소리쳤다. 친정아버지를 죽인 살인범이 하인 김 씨라고 외쳤다.

독침처럼 독기를 뿜어내며 소리치는 안방마님 권소라! 죽은 아버지를 끌어안고 오열하며 소리치는 안방마님 권소라였다. 누가 그 소리를 믿지 않겠는가.

몰려든 하인들은 안방마님 권소라의 외침에 놀라워했고 믿었으며 측은하게 여기기도 했다. 아니, 안방마님 권소라의 슬픔을 함께 슬퍼했다. 안방마님 권소라와 함께 분노하고 격노하면서 하인 김 씨에게 달려들었다.

"이놈, 은혜도 모르는 놈. 니놈이 감히 안방마님 거처를 침입하다니? 마님에게 해코지할 생각이 아니었다면 어떻게 감히 안방까지 침입할 수 있었느냐 말이야."

힘이 센 하인 노 씨는 하인 김 씨의 멱살을 움켜쥐고 흔들어댔다. 하인 김 씨는 힘센 노 씨에게 멱살을 잡혀 온몸이 흔들린 채 아무 말도 하지 않았다. 아니 아무 말도 할 수가 없었다.

"저놈이 내 아버지를 죽인 살인자다."

외치는 안방마님 권소라의 독침 같은 소리만 머릿속에서 윙윙 돌고 있을 뿐이었다.

형, 아우 부르며 서로의 처지를 가엽게 여기고 평생을 하인으로 살다가 죽어간 하인 신세를 한탄하며 서로를 위로하고 살았던 하인들이었는데 안방마님 권소라의 독침 같은 외침에 하인 김 씨는 꼼짝없이 살인자가 되었고 다른 하인들은 하인 김 씨를 살인자라고 여기며 멱살을 움켜쥐고 욕설과 비난을 퍼부으며 하인 김 씨의 몸을 칭칭 감았다. 정신을 놓은 듯 힘없이 오랏줄에 묶이는 하인 김 씨를 바라보며 늙은 여종과 젊은 여종들은 입을 삐쭉거리며 쑥덕댔다.

"하인 주제에, 안방까지 침입했다니? 어쩌자고 안방까지 침입했을꼬?"

"마님을 겁탈이라도 하려고 했던 게 아닐까?"

"그럴지도 모르지!"

"설마 엉큼한 마음을 품고, 안방까지 침입했던 건 아니었을까?"

"아이구, 망측하기도 해라!"

하인 김 씨를 향한 비난이 쏟아지고, 손가락질이 오갔다.

쑥덕거리는 하인들과 여종들의 소리조차 역겨운 듯 안방마님 권소라는 서릿발 같은 소리로 외쳤다.

"뭣들 하는 거야? 그놈을 당장 끌어내지 않고⋯⋯."

"예! 예!"

그제야 하인들은 하인 김 씨에게 달려들어 끌어내었다. 힘센 노 씨는 하인 김 씨의 멱살을 움켜쥐고 여러 하인은 하인 김 씨를 끌고 나갔다. 하인들에게 끌려가는 하인 김 씨! 안방마님 권소라는 끌려가는 하인 김 씨의 등짝에 새겨 놓기라고 할 듯이 큰소리로 외쳤다.

"그놈을 당장 포도청으로 넘기도록 해라."

"예! 알겠습니다. 마님⋯⋯."

"하인 김 씨는 살인자다. 티끌만치도 동정을 베풀어서는 안 되는 놈이야!"

"예! 알겠습니다."

하인 김 씨의 멱살을 움켜쥐고 끌고 나가는 하인 노 씨가 큰소리로 대답했다. 염려하시지 말라는 암시 같은 대답이었다.

하인 김 씨는 하인들에게 그렇게 끌려나갔고 다른 하인과 여종들은 피범벅이 된 방바닥을 닦아내느라 분주했다. 안방마님 권소라는 오열하듯 흐느끼듯 울음을 참아내며 조심스럽게 몸을 가누며 일어섰다. 그리곤 엄숙하고 경건한 어조로 상황을 정리하기 시작했다.

"다른 하인들은 내 아버지의 시신을 옆방으로 안치시키도록 해라."

"예! 분부대로 하겠습니다."

안방마님 권소라의 명령이다. 거역할 수 없는 명령이며 또 지엄한 분부이기도 했다.

집 안에 있는 하인들은 일사불란하게 안방을 치웠다. 시신은 옆방으로 안치했고 정신을 놓은 듯 방바닥에 주저앉아 있는 구정모 대감은 아래채 서재까지 모셔드렸다. 대감 구정모는 이번 살인사건과는 전연 무관한 사람처럼 말이다.

2

죽은 자는 말이 없고
산 자는 말을 할 수가 없었다

국사를 돌보느라 궐에서 달포를 지내야 했다. 궐에서 지내기를 열흘이나 되었을까? 동료 벼슬아치들이 구정모 대감의 눈치를 슬금슬금 보기 시작했다. 그리고 구정모 대감을 피해가며 쑥덕거렸다.

처음에는 그러려니 하고 예사로 넘겼다. 그러나 쑥덕거림이 심상치 않았다. 마침내 구정모 대감의 일인 듯했다. 그렇다고 누구 한 사람 붙들고 무슨 일이냐고 물어볼 수도 없었다. 누구 일이던 쑥덕거리는 것을 좋아하는 사람들이다. 저러다가 말겠지 싶었다. 그런데 구정모와 친하게 지내는 허 대감이 헛기침을 해가며 구정모 대감에게 다가왔다.

할 말이 있는 듯 다가오면서도 선뜻 말을 꺼내지 못하는 눈치였다. 한참을 구정모 대감의 눈치를 살폈다.

뜸 들이는 게 여간 조심스럽지 않았다. 구정모 대감은 더 기다릴 수 없다는 듯 말을 꺼냈다.

"대체 무슨 말을 하려고 그렇게 뜸을 들이나?"

"구 대감!"

"예! 말씀하십시오."

"사실은…… 저희가 이상한 소문을 들었습니다. 절대 믿을 수 없는 소문이지요!"

"대체, 무슨 소문이신데 그럽니까?"

구정모 대감이 다그쳐 물었지만 허 대감은 쉽게 입을 떼지 않았다. 망설이는 것이 역력했다. 구정모 대감으로서는 답답한 노릇이었다.

"무슨 소문이신지, 들은 대로 털어내어 보십시오."

"사실은 대감님 안방마님의 소문입니다!"

"예? 내 부인 말입니까? 내 안사람에 대한 소문이었습니까?"

"예! 대감님. 허나, 원체 믿을 수 없는 일이었습니다. 그야말로 얼토당토않은 소문이지요."

"대체, 내 아내에 대한 소문이 어떻기에, 어떤 소문이기에 이렇게 뜸을 들이시는지?"

구정모 대감이 예사롭지 않게 말하자 허 대감은 용기를 낸 듯 조

2. 죽은 자는 말이 없고 산 자는 말을 할 수가 없었다

심스럽게 입을 떼었다.

"대감님…… 우리도 차마 믿을 수 없는 소문이었기에 저희도 한마디로 일축해버렸습니다. 그런데 날이 갈수록 소문은 퍼지고 소문이 소문만으로 끝나는 게 아니라…… 사실인 듯 확실시되고 있기에……."

"대체 무슨 소문이었습니까?"

"정경부인께서 날마다, 아니 밤마다 남자를 안방으로 끌어들인다는 소문입니다."

"예? 제 안사람이요?"

"핫, 하, 하!"

구정모 대감은 한바탕 껄껄 웃었다. 정숙하고 단정하기로 소문난 부인이었다. 부인 권소라는 다소 엄격했고 자신의 위상을 높이기 위해 평상시에도 위엄을 보이기도 했다. 그런 권소라가 날마다 아니, 밤마다 안방으로 사내를 끌어드린다니…….

구정모 대감으로서는 껄, 껄 한바탕 웃어넘길 일이었다. 그런데 말문을 연 허 대감은 심각했다. 심상치 않은 표정으로 구정모 대감을 바라보았다.

"대감! 그렇게 웃어넘길 일이 아니신 듯합니다."

"왜? 누가 보기라도 했단 말입니까? 내 안사람이 밤마다 안방으로 사내를 끌어들이는 것을요?"

"예! 봤다는 사람이 있습니다. 더러더러 있었습니다. 대감의 안방으로 사내가 드나드는 것을요."

허 대감은 내친김에 더 망설일 수 없었다. 망설이지 않고 솔직하게 털어버렸다. 허 대감의 이 뜻하지 않은 말에 구정모도 당황했다.

믿기지 않는 일이라 한 마디로 일축해버리려 했는데 허 대감은 심각했고 또 진지하기까지 했다. 그런 데다 더 숨기고 싶지 않은 듯 망설임 없이 내뱉었다.

"예! 대감님. 단순한 소문만이 아닙니다. 대감님의 안방으로 들어가는 사내를 본 사람도 있으며 부인이 아랫도리 속옷을 벗는 것도 목격했다는 사람이 있습니다. 국사를 살피시는 대감의 마음을 현혹하는 일이다 싶어 덮어두려 했습니다만, 대감님이 알고 지내셔야 할 것 같아서……."

구정모 대감은 더는 웃지 않았다.

모멸과 수치심이 몸을 덮었다. 분노로 근육이 불끈거렸다. 치명적인 수치심이 온몸을 덮었고 피가 거꾸로 솟는 듯한 느낌이었다.

"대감이 말씀하시는 소문이 거짓말이라면…… 헛소문이라면 어찌하겠습니까?"

구정모 대감의 그 말이 떨어지자 허 대감은 체면 불고하고 구정

2. 죽은 자는 말이 없고 산 자는 말을 할 수가 없었다

모 대감 앞에서 무릎을 꿇었다.

"대감! 저 역시 헛소문이기를 바라는 사람입니다. 그러나 사실입니다. 아니기를, 헛소문이기를 바랐던 우리인데…… 사실을 확인한 사람이 더러 있습니다. 정말로 헛소문이기를 바라고 있습니다만 헛소문을 사실인 것처럼 말했다면 그때는 이놈의 목을 베어주십시오."

"목을 베어 달라?"

"예! 목을 베어 주십시오……."

허 대감은 자신의 목을 내어놓았다. 더 이상의 조건을 붙일 수는 없었다.

구정모 대감은 칼끝이 긴 단도 칼을 꺼내 보이며 허 대감을 향해 경고하듯 목청을 돋웠다.

"소문이 거짓이라면 이 단도 칼로 대감의 목을 베겠소!"

"예! 그러하십시오……. 그러나 제 목숨을 잃더라도 대감님 댁에서 그런 일이 일어나지 않았으면 합니다……."

허 대감은 진심 어린 어조로 말했다. 그리고는 한 마디 더 붙이는 것이다.

"대감님…… 오늘 밤이라도 귀가해 보시는 게 좋을 듯합니다!"

허 대감은 충고하듯 말했다. 구정모는 온몸에서 솟구치는 분노를 가까스로 참으며 목청에 힘을 주었다.

"그러지요. 당장에라도 뛰어가지요……."

"아닙니다. 새벽녘에 가셔야 할 겁니다."

"새벽녘?"

구정모는 이른 새벽이 오기를 간 떨리게 기다렸다. 부인 권소라가 그럴 리 없다고 믿으면서도 혹시나 하는 염려 때문에 살이 죄어드는 듯 고통스러웠다.

시간이 흘렀다. 한 시간, 두 시간. 밤이 깊어 갔고 이른 새벽이 오고 있었다.

기이한 것은 부인 권소라는 아랫도리 옷을 훌렁 벗어 놓고 속살을 드러내어 놓은 채 엎드려 있고 안방으로 들어온 사내는 그런 부인의 곁에 바짝 붙어 앉아서 부인의 속살을 거리낌 없이 어루만진다는 것이다. 헛소문이라고 하더라도 망측스럽고 망측스런 일이었다.

구정모 대감은 고개를 저었다. 누가 뭐라고 해도 구정모 대감 자신은 부인 권소라를 믿었던 것이었다. 매사에 엄격했고 매사에 경솔함이 없는 권소라였다. 대감의 정경부인으로 손색이 없는 부인으로 인정하고 있었다. 그렇게 믿는 부인인데…… 그런 부인이 설마…… 그러면서도 시간을 기다리는 내내 구정모 대감은 답답했다. 그렇게 헛소문이 났다는 것이 불쾌했다.

첫닭이 울었다. 궐 안에서인지 바깥에서인지 첫닭 우는 소리가

2. 죽은 자는 말이 없고 산 자는 말을 할 수가 없었다

길게 퍼져갔다. 구정모는 허 대감의 목이라도 벨 기세로 칼끝이 긴 단도 칼을 도포 소맷자락에 숨겼다. 그리곤 애마 흑마를 불렀다. 열일곱 살부터 함께 해 온 애마였다. 검정 털이 유난히도 윤기가 흘렀고 꼬리는 바람에 나부낄 때마다 부채처럼 펼쳐지기도 했고 달릴 때는 회오리바람이라도 일으킬 기세로 둥글게 퍼지곤 했다. 흑마의 그 모습을 보고 대뜸 애마의 이름을 회오리라 했다.

구정모 대감은 흑마 회오리를 엄청 사랑했다. 자신의 몸인 양 닦고, 가꾸고, 다듬었다. 그런 회오리 등에 채찍질을 해가며 미친 듯이 달려왔다. 눈에 보이는 것이 없었고 침착해질 수 없는 분노에 가슴이 일렁거리기까지 했다.

회오리의 등에서 한숨을 쉬기도 하고 자신의 가슴을 툭툭 치기도 했다. 분노와 수치심이 엇갈렸지만 애써 참았다. 그리고 회오리의 등에 채찍질하며 달렸다.

대문을 열어준 하인 김 씨는 아랑곳하지 않고 난폭하게 대청으로 올라섰다. 안방 문을 연 순간 구정모의 눈은 이미 뒤집혔었다.

안방 문이 열리고 안방의 광경이 눈앞에 펼쳐졌을 때 구정모는 눈이 뒤집혔고 이성을 잃었고, 그리고 삭아질 줄 모르는 본노의 노예가 되었다.

안방의 광경은 끔찍하도록 소문과 같았다. 부인 권소라는 부끄러움도 없는 듯했다. 여자로서의 수치도 느끼지 않는 듯했다. 아랫도리 옷은 홀랑 벗겨져 있었고 우윳빛 같았던 살점을 그대로 드러내어 놓은 채였다. 마치 곁에 있는 사내에게 모든 것을 내던진 듯 편안하게 엎드려 있었고 사내는 구부정한 허리를 굽힌 채 그렇게 부인의 속살을 어루만지고 있었다.

망측하고 망측스런 광경이었다. 믿을 수 없는 광경이 그대로 눈에 들어왔다. 구정모는 소맷자락에서 칼날이 긴 단도 칼을 꺼내 들었다. 구부정한 허리의 사내가 인기척에 놀란 듯 일어섰고 문 앞에 서 있는 구정모를 확인하려는 듯 바라보았다. 구정모에겐 그 사내의 얼굴이 중요한 게 아니었다. 얼굴을 확인할 필요도 없었고 누군지, 어떤 놈인지 분간해 볼 필요도 없었다.

독오른 짐승의 배를 가르듯 돌진했다. 그리고 칼을 휘둘렀다. 가슴팍 깊숙이 찔렀다. 날카로운 비명. 이어 둔탁한 신음. 그래도 쓰러지지 않는 놈을 향해 무차별적으로 칼을 휘둘렀다. 늙수그레한 사내는 피하지도 못한 채 칼끝이 닿는 대로 칼침을 맞았다. 살이 찢기고 흘러넘치는 핏방울들이 옷을 적시고 있었다.

칼끝이 닿는 데마다 피가 솟구쳤다. 시뻘건 피가 분수처럼 솟구쳤다. 늙수그레한 사내는 원망과 책망 섞인 시선으로 구정모를 응시했다. 부릅뜬 두 눈이 익숙하게 느껴졌다. 원망과 책망이 깔린

2. 죽은 자는 말이 없고 산 자는 말을 할 수가 없었다

표정도 익숙했다. 부릅뜬 눈과 마주쳤을 때 구정모는 소스라치게 놀랐다. 들고 있던 칼을 떨어뜨렸다.

이럴 수가?

늙수그레한 사내는 다른 사람도 아닌 바로 장인어른 권 씨였다. 부인 권소라의 친정아버지였다니? 장인어른 권 씨는 피범벅이 된 몸을 움켜쥐고는 구정모를 바라보았다. 원망과 책망이 역력한 강한 눈빛으로 구정모를 바라보고는 그대로 픽 쓰러졌다.

사위 구정모가 휘두르는 칼끝에 찔리고 찔리면서도 비명도 지르지 못했고 저항 한 번 하지 못했다. 사위 구정모를 향해 원망과 책망이 뒤섞인 강한 눈빛 한 번 보냈을 뿐 그대로 픽 쓰러지고 말았다. 그리곤 신음도 없이 모든 동작이 굳어버렸고, 숨을 거두셨다. 사위 구정모가 휘두르는 칼끝에 살이 찢기고 속살까지 패이고 온몸 속에서 흐르는 피를 이 세상에 쏟아놓고는 그대로 숨을 거두셨다.

방바닥은 이미 피범벅이 되어 있었고 구정모는 칼을 떨어뜨리고는 그 자리에 털썩 주저앉고 말았다. 눈앞이 캄캄했고 시간이 경직된 공간에 떨구어진 듯한 느낌이었다. 사람을 죽였다는 공포감. 그 공포감은 엄청난 무게로 구정모를 짓누르고 있었다.

소문이 헛소문이기를 바랬던 것은 그 무게에 비해서는 아무것도 아니었다. 부인 권소라가 낯선 사내 옆에서 옷을 벗고 있었던 광경조차 그 무게에 비해서는 아무것도 아니었다. 낯선 남자가 누가 되었든 간에 죽이고 싶었든 그 분노까지도 사람을 죽였다는 공포감의 무게에 비하면 아무것도 아니었다.

그때 오열하는 부인 권소라의 울음이 터졌다. 권소라의 울음은 한 가닥 한 가닥 채찍처럼 갈라지면서 구정모의 목을 죄어왔다. 아버지를 죽였다는 원망과 증오의 소리였을지 모른다. 구정모는 피범벅이 된 방바닥에 주저앉은 채 어디론가 달아날 궁리만 했다. 그러나 머릿속에서는 달아나고 싶었지만, 몸은 꼼짝도 할 수가 없었다. 사람을 죽였다는 엄청난 공포의 무게에 짓눌렀고 부인 권소라의 오열하는 소리는 한 가닥 한 가닥 매서운 채찍이 되어 사람을 죽였다는 공포감은…… 어쩌면 죽은 자의 비명보다 더 날카롭고 죽음의 무게보다 더 무거웠는지 모른다.

더구나 구정모가 죽였던 사람이 장인어른이었으니…… 장인어른 권 씨를 죽였다. 미친 듯이 칼을 휘두르며…… 그렇게 장인어른 권 씨를 죽였던 구정모였다. 이 끔찍한 순간에서 벗어나고 싶었지만, 몸은 천근처럼 무겁게 가라앉았고 머릿속으로만 달아날 궁리만 하고 있었던 구정모였다. 그때였다. 독소를 뿜어내는 듯한 앙칼진 소리 하나.

"저놈을 잡아라! 내 아버지를 죽인 살인자다!"

2. 죽은 자는 말이 없고 산 자는 말을 할 수가 없었다

부인 권소라의 소리였다. 분노를 담아 쏟아내는 날카로운 외침은…….

구정모는 맥을 놓고 앉은 채 귀를 막았고 고개를 숙였고 온몸을 구부렸다. 방바닥에 벌레처럼 엎드렸다. 이대로 살인자가 되는구나…… 싶었다. 그동안 누렸던 것은 부귀영화였고 꿈처럼 깨어져 가는구나 싶었다. 사람을 죽였다는 엄청난 무게의 공포감이 이대로 구정모를 짓누르고 말겠구나 싶기도 했다. 그런데 갑자기 터져 나오는 여자의 분노 섞인 한 마디! 부인 권소라의 독침 같은 한 마디!

"하인 김 씨가 내 아비를 죽였다! 저놈을 잡아라!"

"하인 김 씨는 내 아비를 죽인 살인자다! 저놈을 잡아야 한다!"

독침보다 더 무서운 소리로 외치고 있는 부인 권소라. 그리고 하인들이 몰려오고 여종들이 쑥덕거리고 어수선한 분위기 속에서 구정모는 보았다. 하인 김 씨가 포박당한 채 끌려가는 모습을……. 충직하고 성실하기만 했던 하인 김 씨는 한순간에 살인자가 되어 끌려가고 있었다. 부인 권소라의 아비를 죽인 살인자가 되어 끌려나가는 하인 김 씨를 바라보며 구정모 대감은 자기도 모르게 긴 안도의 숨을 쉬고 있었다.

구정모가 장인 권 씨를 향해 칼을 휘두르며 찔렀던 순간을 목격한 사람은 아무도 없었다. 구정모는 장인 권 씨를 죽였던 것도 아니고 다만 낯선 사내를 죽였을 뿐이다. 부인 권소라의 속살을 어루만졌든 음탕한 사내를 죽였던 것이고 그것조차 구정모가 죽였던 게 아니라 하인 김 씨가 송두리째 뒤집어썼다. 안방마님 권소라의 외침 한 마디에…… 하인 김 씨는 졸지에 살인자가 된 것이다. 너무나 짧은 순간이었다. 아무도 목격하지 못했던 그 짧은 순간에 하인 김 씨가 살인자로 둔갑하였다.

아무도 목격한 사람이 없었다는 건 구정모에게 살인자라는 엄청난 무게의 공포감에서 다소 해방될 수 있는 구실이 되었다. 그리고 구정모는 안도의 숨을 내쉬며 하인들의 부축을 받으며 서재로 옮겨지고 있었다. 하인 하나가 말했다.

"대감님! 얼마나 놀라셨습니까? 하인 김 씨 놈이 그런 놈일 거라고는 어찌 짐작이나 하셨겠는지요?"

하인의 그 말에 구정모는 비로소 입가에 야릇한 미소를 지었다.

2. 죽은 자는 말이 없고 산 자는 말을 할 수가 없었다

3

소년 미홍이

모든 것은 끝났다. 깨끗하게 끝을 냈다. 안방에서 일어났던 피비린내의 끔찍한 사건은 끝이 났다. 하인 김 씨는 살인자로 포도청에 끌려갔고 구정모 대감은 이 일과 아무 상관 없는 사람으로 인정시켰다. 살인현장을 보고 그냥 놀랬을 뿐…… 그 이상 아무것도 없었다. 지아비를 지켜 내려 했던 부인 권소라의 지혜는 영악했고 치밀했으며 후환이 없을 만큼 정리가 된 셈이다. 하인 김 씨가 살인자로 망나니의 칼을 받아 죽기만 한다면 모든 것은 깨끗하게 끝나는 것이다.

하인이 주인마님의 친정 아비를 살해했다는 건 죽임을 당하고도 남을 만한 죄였다. 더군다나 하인 주제에 안방으로 침입했다는 그 자체만 보아도 죄가 되었으며 죄인으로 몰아가기 충분한 이유가 아니겠는가? 주인마님의 안방까지 침입해서 주인마님의 친정아버지를 죽인 하인 김 씨는 참수에 처할 게 뻔했다. 권소라는 안도의 숨을 쉬었다. 어쩌면 구정모가 내쉬었던 그 안도의 숨과 흡사한 숨이었는지 모른다.

정리가 잘 된 안방을 둘러보며 권소라는 회심의 미소를 지었다. 억울하게 죽어간 아버지에게는 못할 짓이었지만 지아비를 지키기 위해서는 그녀의 판단이 현명했다고 권소라는 그렇게 믿었고 만족해했다. 이제 아버지 권 씨가 안치되어있는 방으로 가야 했다. 곡을 해야 하고 장례 준비를 지시해야 했다.

그런데…… 그런데 말이다. 안방에서 나와 방문을 닫고 돌아선 순간 권소라는 제 눈을 의심하며 소스라치게 놀라고 말았다. 대청 한쪽에는 집채를 떠받들고 있는 기둥이 있다. 둥글고 큰 기둥이었다. 그 큰 기둥 뒤에서 두 눈이 초롱초롱 빛나고 있는 아이 하나가 서 있었다. 소년 미홍이었다.

권소라는 순간 몸을 떨었다. 무섬증이 솟구쳤다. 다리가 후들거릴 정도로 몸도 떨렸다. 영악하고 지혜로운 권소라였다. 치밀하면서도 대범하기도 한 권소라였다. 그런 권소라에게 기둥 뒤의 아이는 너무나 생소했고 생소하면서도 무서운 존재로 떠올랐다.

한 번 흠칫 놀랐을 뿐 권소라는 엄숙한 표정을 지었다. 이 나라

3. 소년 미홍이

판서 좌의정 대감 부인답게 위엄을 보이며 가슴을 펴고 천천히, 천천히 다가갔다. 소년 미홍이는 초롱초롱한 두 눈을 깜빡거리며 모습을 드러냈다. 한순간에 멀쩡한 하인 한 사람을 살인자로 지목하고 살인자라고 외쳤던 안방마님 권소라의 행동 하나하나…… 일거수일투족을 지켜본 미홍이었다. 그런데도 미홍이는 두려워하는 내색 없이 무서워하는 기색 없이 두 눈을 똑바로 뜨고 권소라 앞에 섰다.

권소라는 미홍이의 표정과 행동을 보면서 적이 놀랐다. 소년 미홍이는 기죽은 데 없이 당당했고 어렸지만 대차 보였다. 권소라는 들키지 않게 길게 숨을 내쉬며 짧게, 그러나 아주 엄숙한 목소리로 물었다.

"보았느냐?"

소년 미홍이는 두 눈을 초롱초롱 빛내며 고개를 까딱거렸다. 권소라는 순간 가슴이 철렁 내려앉는 듯했다. 목을 가다듬으며 다시 힘을 주었다.

"다 보았느냐?"

권소라의 물음에 이번에도 소년 미홍이는 고개를 까딱거렸다.

"낱낱이 다 보았단 말이냐?"

권소라의 목소리는 떨렸고 소년 미홍이는 이번에도 겁 없이 고개만 까딱거렸다. 침묵이 흘렀다. 살벌한 침묵이었다. 권소라는 몸이 떨리는 것을 느꼈다. 이 소년을 어찌했으면 좋을까 하고 생각하며 머릿속을 굴렸다. 그 짧은 순간 살벌한 침묵 속에서 소년 미홍이는 그제야 입을 열었다.

"죽인 사람은 하인 김 씨가 아니라는 것, 마님이 잘 아시지요?"

소년 미홍이의 그 한 마디는 칼침보다 더 무서웠다. 영악하고 지혜로웠던 권소라였지만 그 순간에는 꼼짝할 수가 없었다. 소년 미홍이는 어렸지만 대범했고 그런 데다 생각이 깊은 아이였다. 절대로, 절대로 함부로 해서는 안 될 아이였다.

권소라는 아이를 살폈다. 두 눈이 초롱초롱한 것이 여간 총명해 보이지 않았다. 어리긴 했지만 사내다운 대범함이 있었고 생각이 깊고 예리한 데가 있었다. 절대로 촐랑거리거나 가볍게 행동할 아이도 아닐성싶었다. 상황 전부를 낱낱이 목격했다 해서 이유를 달아 내쫓거나 해코지해서는 안 될 아이 같기도 했다.

순간 권소라는 생각을 바꾸기 시작했다. 그리고 아이의 모습을 살폈다. 아이의 모습은 초라했다. 남루한 옷차림에 입가에 퍼져 있는 마른버짐. 제대로 먹지 못하고 떠돌아다녔던 행색이 역력했다. 권소라는 무엇인가를 파악한 듯 갑자기 목소리를 낮추었다.

그리고 작고 부드러운 소리로 물었다.

3. 소년 미홍이

"배가 고프겠구나?"

어쩌면 미홍이가 제일 듣고 싶었던 말이었는지 모른다. 미홍이는 고개를 끄덕거렸다. 힘차게 끄덕거렸다. 권소라가 웃었다.

"밥부터 먹어야겠구나!"

지금 소년 미홍이에겐 밥보다, 더 반가운 말은 없었다. 권소라는 소년 미홍이에게서 그것을 파악한 것이다. 권소라는 미홍이의 손을 잡았다. 그리곤 대청 끝에 서서 계집종을 불러댔다.

"계순아!"

"예! 마님!"

안방마님 권소라의 말이 떨어지기도 전에 계집종 하나가 날쌔게 대령했다. 허리를 바로 펴지도 못하고 엉거주춤 구부린 모습으로 안방마님 권소라 앞에 서 있는 계집종 계순이.

계순이는 그 부모 때부터 구정모 대감 댁 하인으로서 살아왔다. 주인 대감 구정모 말이라면 팥으로 메주를 만든다고 해도 믿어야 했던 사람들이었다. 안방마님 권소라의 말 한마디가 법이었던 사람들이었다. 그런 부모 밑에서 자란 계순이었고 그런 것이 당연한 것으로 여기며 살아가는 계순이었다.

머리를 조아리며 대청 아래에 서 있는 계순이를 향해 권소라는 엄중하게 일렀다.

"밥상을 차려오너라!"

"예!"

"그리고 도령 옷 한 벌도……."

"예! 마님."

"서둘러라!"

누구 분부인가? 계순이는 발꿈치가 보이지 않도록 뛰었다. 장례를 치르느라 어수선한 집안 분위기에도 불구하고 계순이는 안방마님 권소라에게 올릴 밥상을 열심히 준비했다. 그리고 안방마님 권소라가 분부했던 도령 옷도…….

그날 아침, 안방마님 권소라와 마주 앉아 먹었던 아침 밥상은 소년 미홍이에겐 최고의 식사였다. 창자가 꼬이면서 아프도록 고팠던 배 속을 채워준 밥이었다.

고팠던 배를 채운 것뿐만이 아니었다. 난생처음 뜨끈뜨끈한 물에 몸을 담그고 목욕도 했다. 날마다 빡빡 대며 긁어댔던 머리도 감았다. 더벅머리를 손질하고 향긋한 크림도 발랐다. 미홍이의 모습이 확 달라졌다.

색경 속에 비추어진 미홍이는 미소년이었다. 머리끝에서부터 발끝까지 나무랄 데 없이 멋진 소년티가 났다. 넓적한 이마며 남자다운 오똑한 코며 짙은 눈썹이 정말로 그려 놓은 듯이 잘생겼다. 짙은 눈썹도 눈썹이지만 타원형의 큰 눈은 깊고 맑았다. 그런 데다 방금 우물에서 건져 올린 듯한 촉촉한 눈동자는 사람의 마음마저 흡수시킬 듯한 묘한 매력을 풍겼다.

그런 인물에다 도령 옷까지 입혔으니 어느 양반집 도령이라고 해도 손색없는 모습이었다. 미홍이가 도령 옷으로 갈아입고 안방마님 권소라 앞에 나타났을 때 안방마님 권소라는 눈을 의심했다. 자신의 눈을 의심하며 미홍이를 찬찬히 살펴보았다.

"정말 잘생겼구나. 멋지구나!"

권소라는 미홍이를 살피면서 몇 번이나 감탄사를 넣었다.

"정말 잘생겼다."

"고맙습니다."

"고맙긴?"

"밥도 챙겨주시고 좋은 옷도 주시고……."

미홍이는 안방마님 권소라에게 진심으로 고마워했다. 배고픈 미홍이에게 밥을 주었고 남루한 옷차림의 미홍이에게 새 옷을 입혀 주었다.

옷도 그냥 옷이 아니었다. 양반들 자제분이나 입었을 성싶은 도령 복이다. 도령 옷을 입은 미홍이는 색경에 비추어진 제 모습을 보고 놀랐다. 색경 속의 소년이 미홍이 자신이라는 게 믿기지 않을 만큼 멋지고, 매력적이었다. 미홍이는 씨익 웃었다. 한순간이나마 이런 자신의 모습이 너무나 만족스러웠다.

도령 옷으로 갈아입은 미홍이를 보자 안방마님 권소라는 잠시 혼란스러웠다. 밥 한 끼 맛있게 먹이고 옷 한 벌 제대로 입혀서 내보낼 작정을 했던 권소라였다.

안방에서 일어났던 끔찍한 사건을 입 밖으로 내지 않겠다는 약속만 받아낸다면 정말 그대로 내보낼 작정이었다. 친정아버지 권 씨를 죽인 게 구정모 대감이었다는 것만 말하지 않겠다고 다짐을 받으면 얼마간의 엽전도 쥐여줄 요량이었다. 그러나 안방마님 권소라는 마음을 바꾸었다. 집안에 들어온 보석을 보석인 줄 모르고 내버릴 어리석음을 저지르고 싶지 않았다.

안방마님 권소라의 눈에 비추어진 미홍이는 보석이었다. 아무도 목격하지 못했던 것을 낱낱이 살펴 보고 있었다고 해서가 아니라, 곁에 두고 싶은 소년이었다. 구정모 대감이 칼을 휘두르며 아버지 권 씨를 죽였던 순간을 목격했지만, 아무에게나 그 사실을 발설할 아이도 아닌 성싶었다. 안방마님 권소라는 미홍이를 지긋이 바라보며 무슨 거래라도 하듯 진지하게 입을 열었다.

"이름도 묻지 못했구나. 이름이 뭐냐?"

"예! 미홍이라고 합니다."

3. 소년 미홍이

"미홍이? 이름도 좋구나. 선하게 들리고 예쁘기도 하다."

"고맙습니다! 마님."

"미홍아!"

"예!"

"잘 곳이 일정하게 정해진 게 아니라면 여기 내 집에서 지낼 생각은 없나 하고……"

안방마님 입에서 미홍이를 붙들어 놓고 싶은 의도의 말이 떨어졌다. 미홍이는 한참을 생각했다.

안방마님 권소라가 미홍이를 곁에 두고 싶어 하는 이유를 미홍이는 정확하게 알고 있었다. 비밀을 지키기 위해서라는 걸……. 안방마님 권소라의 친정아버지 권 씨를 죽인 사람은 하이얀 도포 차림의 구정모 대감이셨다. 미홍이는 두 눈으로 똑똑히 보았다. 안방마님 지아비이신 구정모 대감이 장인어른 권 씨를 찔러댔던 것을……. 무차별하게 찌르고, 찌르는 것을. 소년 미홍이는 지켜보았다. 낱낱이 지켜보았다. 흐트러진 도포 차림에 갓까지 벗겨져 목 뒷덜미에 대롱대롱 달린 채 달려오던 모습도 보았고 흑마의 등에 채찍질해가며 미친 듯이 달려오던 모습에서부터 이 댁 대감 구정모는 이미 제정신의 반은 놓아버린 사람 같았다.

안에서 대문이 열리자마자 한달음에 마당으로 뛰어들어갔으며 하인 김 씨는 평소 때와 다른 모습의 대감에게 몹시 놀란 듯 허겁지겁 대감 구정모의 뒤를 따라 대청까지 올라갔다. 도포 차림의 구정모 대감이 방문을 열고 뛰어든 순간, 눈 깜짝할 사이에…… 아주 눈 깜짝할 사이에 살인은 행해졌었다.

누가 미처 말릴 사이도 없이 도포 차림의 구정모 대감은 장인어른 권 씨를 찔렀다. 수없이 여러 차례 찔렀고 어쩌면 하인 김 씨는 주인 대감의 그 미친 듯한 행동을 만류하기 위해 안방까지 뛰어들었는지도 모를 일이었다.

완전히 이성을 잃은 채 칼부림을 해대던 구정모 대감은 장인어른 권 씨가 죽어가는 순간에야 그 얼굴을 보았고 사위 구정모를 원망과 책망이 깃든 눈빛으로 쏘아 보았다. 장인어른 권 씨의 마지막 모습이었다. 칼부림하듯 장인어른 권 씨를 죽였고 장인어른 권 씨가 죽는 순간에야 그 얼굴을 확인했던 구정모는 그제야 칼을 떨어뜨리고는 그 피범벅이 된 방바닥에 퍽 주저앉아 버린 것이다.

하인 김 씨는 마침내 주인 대감의 소유였던 칼을 주워놓아야겠다는 하인으로서의 본능 때문에 칼을 집어 들었는지 모른다. 안방마님 권소라는 망측스럽게도 아랫도리 옷을 홀랑 벗은 채 엎드려 있었던 자세였기 때문에 허벅지까지 내렸던 아랫도리 속옷을 올려 입고, 치마를 펼치는 시간 때문에 지연이 되었다. 죽은 친정아버지

3. 소년 미홍이

를 끌어안았던 시간이 하인 김 씨가 칼을 집어 든 시간보다 좀 늦었다.

죽은 아버지를 끌어안고 오열하던 안방마님 권소라의 눈에 들어왔던 지아비 구정모는 정신을 놓은 사람처럼 피범벅이 된 방바닥에 털썩 주저앉아 있었고, 하인 김 씨는 피가 뚝뚝 떨어지는 칼을 움켜쥐고 있었다. 안방마님 권소라는 앙칼진 소리로 외쳤다.

"저놈이 살인자다! 내 아버지를 죽인 살인자다! 하인 김 씨를 잡아라. 뭣들 하느냐!"

독이 오른 안방마님 권소라의 외침은 독기 배인 독침이었다. 하인 김 씨를 살인자로 뒤집어씌워 죽여야겠다는 속셈이 미리 깔린 무서운 계약이며 치밀한 계획이었다. 지아비를 지키려는 아낙네로서의 본능 때문이었을 것이다. 지아비를 지키기 위해서는 하인 김 씨 같은 사람이야 어떤 식으로라고 죽일 수 있었던 권력이 구정모 대감 댁이다. 안방마님 권소라는 지아비를 지켜야 했고 세도가의 집안을 지켜야 했던 본능 때문에 한순간에 하인 김 씨를 희생시킬 작정을 하셨던 것일 게다.

그러나 도포 차림의 대감이 장인어른 권 씨를 찔러 죽이는 것을 미홍이는 분명히 보았고 안방마님 권소라는 하인 김 씨를 살인자로 몰아가기 위해 하인 김 씨가 살인자라고 앙칼지게 외쳐댔다. 권소라의 날카롭고 앙칼졌던 소리가 터지고 나서야 몰려든 하인들. 하인들이 본 광경은 칼을 쥐고 벌벌 떨고 있는 하인 김 씨의 모습이었고, 피투성이로 죽어 있는 친정아버지를 끌어안고 오열하던 안방마님 권소라의 모습이었다.

졸지에 친정아버지를 잃은 안방마님 권소라에게 쏟아지는 동정심과 측은한 생각에 하인들의 마음마저 슬퍼졌다. 그리고 하인 김 씨에게 분노를 느꼈다. 하인 신세 주제에 안방까지 들어갔던 하인 김 씨의 행동까지 용서할 수 없는데…… 마님의 친정아버지를 죽였다니…… 하인 김 씨에겐 동정의 가치조차 없었다.

이렇게 해서 하인 김 씨가 살인자가 되었다. 정황상 어쩔 수 없이 몰려가야 했던 살인 누명. 하인 김 씨는 꼼짝없이 살인자가 되어 같은 동료였던 하인들에게 끌려 포도청에 넘겨졌다. 안방마님 권소라는 그렇게 하인 김 씨에게 살인누명을 씌웠다. 멀쩡한 하인 김 씨를 살인자로 내몰았던 안방마님 권소라가 소년 미홍이에게 함께 살기를 강요하고 있었다.

소년 미홍이의 입을 막으려는 속셈일 것이다. 곁에 두고 지키면서 보겠다는 속셈일 것이다. 소년 미홍이는 안방마님 권소라를 조용히 바라보았다. 그리고는 나지막한 소리로 대답했다.

"마님…… 염려하시지 마십시오. 어디를 가든지 누구를 만나든지 이놈은 입을 열지 않을 겁니다. 오늘 아침 안방에서 일어났던 일은 이놈이 죽을 때까지 지키고 죽겠습니다. 그 대가를 마님께서는 충분히 치르셨습니다. 쓰리고 아팠을 만큼 고팠던 배를 채워주셨고 이렇게 훌륭한 옷도 한 벌 주셨습니다. 이것으로 충분합니다. 그러니 오늘 아침에 보았던 것을 누구에게 발설할지 모른다는 염려는 절대 하지 마십시오. 이놈 미홍이가 목숨을 걸고 약속드리겠습니다."

미홍이의 한 마디 한 마디 말에는 진심이 깔렸었다. 나이는 어렸지만, 상황 판단이 빠르고 상대가 무엇을 말하고자 하는지 그 뜻을 미리 파악할 줄 아는 미홍이었다.

영리했다. 똑똑한 놈이었다. 그리고 마음이 반듯한 놈이었다. 안방마님 권소라는 미홍이를 찬찬히 살펴보면서 미소를 지었다.

"그래…… 미홍이 너 말이 맞다. 나는 오늘 아침 안방에서 일어났던 끔찍한 사건을 아무도 기억하지 않았으면 싶다. 어떤 말이든 간에 단 한 마디도 세상 밖으로 흘러나가지 않았으면 싶다. 특히 하인 김 씨가 살인자가 되었던 과정이 영원히 비밀로 남았으면 싶다……."

안방마님 권소라는 소년 미홍이에게 속셈을 감추거나 속일 생각은 하고 싶지 않았다. 어쩌면 비밀을 지키기 위해서만이 곁에 두고 싶은 것만은 아니었다.

"그렇지만…… 꼭 그 이유 만으로만 너를 곁에 두고 싶어 하는 건 아니다. 미홍아…… 너는 똑똑하고 영리한 아이다. 지금까지는 어떻게 살았는지 모르지만…… 떠돌이 미홍이가 아니라 구대감 댁 아들로서 살자. 공부도 하고, 글도 익히고……."

"공부도 하고 글도 익힌다고요?"

소년 미홍이의 눈이 동그래졌다. 그 촉촉한 눈동자에 빛이 들어오는 듯 밝아졌다.

양반집 자제들이나 할 수 있는 글공부를 할 수 있다니? 미홍이는 숨이 멎어질 것처럼 기뻤다. 안방마님 권소라는 그런 미홍이를 보면서 웃었다. 참 편안해 보이는 웃음이었다.

"그래, 글공부를 하는 거야. 그리고 날마다 배부르게 밥도 먹을 수 있고……."

"……."

"언제나 좋은 옷으로 갈아입을 수도 있고……."

안방마님 권소라의 제안은 어린 미홍이의 마음을 빼앗고도 남았다. 미홍이는 비로소 안방마님 권소라의 마음을 읽었다. 물론 비밀을 지키기 위해 미홍이를 곁에 두고 싶었던 게 전연 아니라고 할 수는 없지만…… 마님 권소라는 미홍이를 곁에 두고 싶은 게 진심

3. 소년 미홍이

이었다. 그 진심이 언뜻언뜻 느껴졌다. 미홍이는 고개를 끄덕거렸다. 그리고 조그맣게 웃었다.

　열 살배기 소년 미홍이의 깊은 눈에서 보이지 않게 솟구쳤던 눈물. 그것은 미홍이만이 느낄 수 있었던 뜨겁고도 뜨거운 눈물이었다. 감사의 눈물. 은혜를 입은 감격스러운 눈물이었다.

4

하인 김 씨

밤이 깊었다. 포도청을 에워싸고 있는 뒷산에서는 부엉이가 울어댔다. 부엉부엉 하는 울음소리가 하인 김 씨의 심장을 도려내는 듯했다. 차라리 부엉이가 되어 목이 터져라 울기라도 했으면……. 목구멍에서 피가 긁혀 나오도록 울고 싶었다.

억울하고 기가 막혀서 심장이 터져 나올 것처럼 아팠다. 천지간에 이럴 수가 있단 말인가? 종놈 신세로 살아야 하는 신세도 서럽거늘…… 종놈이라고 이렇게 함부로 대해도 된단 말인가? 사람을 죽이다니? 주인 대감을 죽인 하인 놈이 되다니? 이건 아니었다. 이럴 수는 없었다.

종놈 신세라고 하지만 구 대감을 의하는 마음이 지극했었던 김 씨였다. 안방마님 권소라의 분부라면 물불 가리지 않았던 김 씨였다. 구정모 대감 댁 일이라면 내 일처럼 했다. 몸을 아끼지 않았고 손발이 부르트도록 일했던 김 씨였다. 종놈으로 매인 신세이니 그럴 수밖에 없지 않았겠냐 하겠지만, 종놈이라고 해서 주인에게 열정적으로 충성하는 종놈은 없다. 그러나 김 씨는 달랐다. 진심으로 받들었다.

일편단심, 불철주야로 대감 댁 일에 매달려 살았었다. 다른 하인들이 잠든 시간에도 일어나서 집 안팎을 살피는 일이며 소작인들을 감시해서 쌀 한 톨이라도 더 받아주기도 했다. 구정모 대감 댁에 이익이 되는 거라면 다른 하인들에게 욕을 먹는 한이 있어도 대감 댁 집에 이익이 되도록 했다. 다른 하인들이 눈살을 찌푸릴 만큼 구정모 대감 댁에 충성스런 하인이었으며 종놈이었던 김 씨였다.

물론 그럴만한 이유가 있었다. 하인 김 씨는 다른 하인들과 달리 특별한 대우를 받았던 것이다. 구정모 대감과 안방마님 권소라가 하인 김 씨를 특별하게 여겨주셨던 것을 하인 김 씨는 잘 알고 있었다.

비록 종놈 신세이긴 했지만, 혼례까지 시켜주었고 대감 댁에서 사는 게 불편할지 모르니 따로 살도록 집까지 마련해주었다. 초가집 단칸방이긴 했지만, 주인 대감 집에서 얹혀살지 않는다는 것이 하인 신분으로서는 얼마나 자유로운 삶인지 모른다. 이른 새벽부터 밤늦게까지 주인집에서 일하긴 해도 귀가할 수 있는 집이 있다는 것이 얼마나 행복한 일이냐 말이다. 그야말로 다른 하인들이 부러워할 일이었고 시샘 받을 일이었다. 그렇게 은혜를 베풀어 주었던 대감과 마님이셨다.

덕분에 여우 같은 마누라에, 토끼 같은 자식까지 가졌다. 아내는 알뜰살뜰했고 부지런했었다. 낮에는 주인집에서 잠시 일도 거들고 했지만, 아이를 갖고부터는 안방마님 권소라의 분부로 집에 있게 하면서 급한 일이 있을 때마다 부르시곤 했다. 그리고 아내가 아이를 낳았을 때는 아예 집에만 있으라고 했다. 아내는 떡두꺼비 같은 아들을 낳았고 그 기념으로 얼마 되지 않지만 텃밭 정도의 밭도 일구어 먹으라고 내주시기도 했다. 이만하면 주인 대감 댁에서 큰 은혜를 입은 김 씨가 아니겠는가?

하인 김 씨는 대감과 안방마님에게서 받은 은혜를 잊지 않았다. 대감의 일거수일투족을 지켜보며 챙겼던 하인 김 씨였다. 대감의 일거수일투족을 살피며 지키고 챙겼던 평소 때의 본능이 아침에도 발동했다. 대감이 미친 듯이 사람을 찔렀고…… 찔린 사람이 장인어른 권 씨인 줄을 알고는 넋 나간 듯 주저앉으셨던 대감이었다. 대감이 떨어뜨렸던 피 묻은 칼을 하인 김 씨는 무심결에 집어 든 것이다. 대감의 소유 칼이었으니까…… 종놈의 본성으로 집어 든 것이다.

그것이 화근이 되어 살인자로 누명을 쓰게 된 거라면 어쩔 수 없는 일이라고 하겠지만, 하인 김 씨가 살인자라고 외치던 안방마님 권소라의 앙칼졌던 소리는 심장을 뚫고 가슴을 찔러댔다. 하인 김 씨를 살인자로 지목하기 위해 작정한 게 아니라면 절대 그럴 수는 없었다. 절대로…….

하인 김 씨는 그게 슬펐다. 억울했다. 미치도록 슬펐고 억울했다. 차라리 대감을 위해서 죽어달라고 하셨더라면 그럴 수는 있었다. 주인 대감을 위해서 죽어야 한다면 기꺼이 죽을 수는 있었다. 그러나 이건 아니었다. 이럴 수는 없었다. 살인누명을 쓰고 죽을 수는 없었다.

하인 김 씨는 옥문에 머리를 기대고는 죽어가는 소리로 옥문지기를 불러댔다. 한나절에 이미 고문을 받을 만치 받았다. 하인 김 씨는 자신이 죽이지 않았다고는 했지만, 살인을 한 사람은 주인이셨던 구정모 대감이라고는 말하지 않았다. 고문에 못 이겨 자신이 죽였다고는 할망정 진작 살인을 한 사람은 구정모 대감이었다고는 차마 말할 수 없었던 하인 김 씨였다.

그러나 그것도 약속할 수는 없었다. 얼마나 버틸지 모를 고문에 못 이겨 자신도 모르게 발설할 수도 있을 것이다. 하인 김 씨는 그것을 안방마님 권소라와 타협하고 싶었다. 종놈 신세이긴 했지만, 목숨은 아까운 것이다. 종놈의 목숨이긴 해도 살려주기를 약속만 해주신다면…… 안방마님 권소라가 그렇게 약속만 해준다면 장인어른 권 씨를 죽인 건 구정모 대감이라는 것은 절대 발설하지 않겠다고…… 김 씨도 그렇게 약속드릴 작정이었다.

하인 김 씨는 옥문지기를 애타게 불러댔다.

"여보시오! 여보시오!"

옥문지기를 불러대는 하인 김 씨의 소리는 절박했다. 애절하고 절실했다. 옥문지기를 통해서라도 안방마님 권소라를 만나야 했다. 하인 김 씨의 목숨은 안방마님 권소라의 말 한마디에 달렸다.

안방마님 권소라는 이 나라의 판서 좌의정 대감의 안방마님이시다. 안방마님 권소라의 세력이라면 하인 김 씨 따위의 목숨은 말 한마디로 살릴 수도 있고 죽일 수도 있었다. 아비를 잃은 충격에 하인 김 씨를 살인자라고 지목했을지도 모른다. 그러나 하인 김 씨가 친정아버지를 죽이지 않았다는 것은 누구보다도 안방마님 권소라가 정확하게 보았었다.

하이얀 도포 차림의 구정모 대감이 미친 듯이 집안을 들어서면서 신발도 벗지 않고 대청으로 올라섰던 구정모 대감이었다. 구정모 대감은 두 팔을 활짝 벌려 안방 문을 열어젖혔고, 그 서슬에 베개에서 고개를 들던 안방마님 권소라를 하인 김 씨는 똑똑히 보았다. 그리고 안방의 기이한 광경도 하인 김 씨는 두 눈으로 똑똑히 보았다. 안방 문이 열린 순간 안방마님 권소라는 그야말로 망측스러운 꼴이었다. 아랫도리를 훌렁 벗은 채 베개에 얼굴을 붙은 채 엎드려 있었고 그 옆으로는 허리가 구부정한 사내가 안방마님 권소라의 속살을 애무하듯 만지작거리고 있었던 것이다.

그 기이한 광경을 보고 분노하지 않을 지아비는 없을 것이다. 안방 문을 열어젖힌 구정모 대감은 사내가 일어서서 돌아서는 순간 질풍처럼 달려들었고 눈 깜짝할 사이에 칼을 휘둘렀다. 그 눈 깜짝할 사이에 사내는 가슴과 배를 찔렸고 피는 금방 폭포수처럼 벌겋게 흘러내렸다. 붉은 피가 넘치도록 흘러내리는데도 구정모 대감은 미친 듯이 칼을 휘둘렀다.

구정모 대감이 미친 듯이 휘둘렀던 칼을 멈추었던 건 피투성이 사내가 얼굴을 들었을 때였다. 피를 쏟아내며 죽어가던 순간에 사내는 원망과 책망이 섞인 강렬한 눈빛으로 구정모를 흘겨보았다.

"아…… 앗!"

그제야 사내의 얼굴을 확인한 구정모 대감은 목에 걸린 듯한 신음을 내며 그 자리에 털썩 주저앉고 말았다. 손에 쥐었던 칼도 떨어뜨렸다.

"자…… 장인어른!"

창자를 끄집어내는 듯한 신음을 내며 피범벅이 된 방바닥에 주저앉았던 구정모 대감!

안방마님 권소라는 그 모든 것을 하나같이 보았다. 안방마님 권소라의 아비를 찔렀던 것이 지아비였던 구정모 대감이었다는 것을 안방마님 권소라는 두 눈으로 똑똑히 보았다. 그러셨던 안방마님 권소라가 느닷없이 독침 같은 소리로 외쳤다. 하인 김 씨를 지목하며 살인자라고 외쳤다. 친정아버지를 죽인 살인자라고 외쳤다. 안방마님 권소라의 독침 같은 외침에 집안의 하인들이 몰려들었고 여종들도 허겁지겁 달려왔었다.

그러나 구정모 대감이 장인어른 권 씨를 찌르던 순간을 목격한 사람은 아무도 없었다. 오직 하인 김 씨와 안방마님 권 씨뿐이었다. 몰려온 하인들과 여종들이 본 것은 죽은 아비를 끌어안고 오열하는 안방마님과 피가 뚝뚝 흐르고 있는 칼을 쥐고 있는 하인 김 씨였다. 누가 보아도 하인 김 씨가 사람을 죽인 꼴이 되어 있었다. 그런 데다 죽은 아비를 끌어안고 오열하면서 하인 김 씨가 살인자라고 외치는 안방마님 권소라의 소리를 들었는데…… 하인 김 씨의 소행이 아니라고 믿기가 더 어려웠던 것이다.

하인 김 씨는 꼼짝없이 살인자가 되었고 형제처럼 지냈던 하인들에게 붙들려 포도청에까지 끌려왔다. 그런데도 하인 김 씨는 믿고 싶었다. 안방마님 권소라가 자신을 지목하면서 살인자라고 외쳤던 건 아비를 잃은 충격 때문에…… 그렇게 소리쳤을 거라고…….

그러니 지금쯤은 하인 김 씨를 살인자로 지목하여 외쳤던 것을 후회하고 미안해하고 있을 거라고…… 그렇게 생각하니 안방마님 권소라를 만나는 게 더 시급하게 느껴졌다. 하인 김 씨는 목청을 돋웠다. 있는 힘을 다하여 옥문지기를 불러댔다.

"여보시오! 여보시오! 옥문지기 나리……."

"소란스럽게 왜 이러시오?"

하인 김 씨의 애절하고 절박한 부름에 차마 외면할 수 없었던지 젊은 옥문지기가 다가왔다.

"무슨 일이오? 무슨 일이기에 이렇게 소란스럽소?"

"예! 이놈의 목숨이 달린 일이기에…… 염치 불고하고 불렀습니다. 여보시오, 이 불쌍한 놈 살려주시는 셈 치고 우리 주인 안방마님 좀 만나게 해주십시오. 기별을 넣어 안방마님 좀 뵙게 다리 좀 놓아주십시오……."

하인 김 씨의 눈에는 눈물이 그렁그렁했다.

목숨이 일각에 달린 하인 김 씨였다. 하인 김 씨를 살려줄 사람은 오직 안방마님 권소라 뿐이었다. 안방마님 권소라를 만나고 싶은 하인 김 씨의 마음은 촛불 심지처럼 타들어 갔다.

"이놈의 목숨이 천하긴 하지만…… 그래도 목숨줄 아까운 건 아는 놈 아닙니까? 불쌍하게 여겨서…… 우리 주인 안방마님 좀 만나게 해주십시오. 이 은혜 백골난망입니다……. 살 수만 있다면…… 예, 살 수만 있다면 이 은혜 잊지 않겠습니다. 나리, 옥문지기 나리……. 이놈을 불쌍하게 여겨주셔서 우리 주인 안방마님 좀 뵙게 해주십시오."

"이놈아! 생각을 해보아라! 니놈의 목숨이 일각에 놓여있어서 바쁘고 애간장이 타긴 하겠지만…… 친정아버지를 죽인 니놈을 그 안방마님께서 만나볼 생각이 드시겠냐? 헛꿈 꾸지 말고…… 잠자코 있어! 더 소란스럽게 하지 말고……."

"아닙니다! 아닙니다! 우리 안방마님은 저를 모른 척하시지는 않을 겁니다. 기별만 넣어주신다면 이놈을 꼭 만나주시러 올 겁니다."

하인 김 씨의 부탁은 간곡했다. 옥문지기는 고개를 갸우뚱대며 옥문에서 떠나고 있었다.

"나리…… 이놈의 부탁 잊지 말아 주십시오!"

하인 김 씨는 옥문지기의 등이 따갑도록 애절하게 외쳐댔다.

밤은 점점 깊어갔다. 옥문에 매달린 채 안방마님 권소라를 기다리는 하인 김 씨의 마음은 초조하고 초조했다. 입안이 바짝바짝 타들어 가는 듯했고 목을 죄는 듯한 숨 가쁜 시간이 흘렀다. 부엉이마저 울음을 그친 깊은 밤이다. 이 깊은 밤에 안방마님 권소라가 하인 김 씨를 만나주기 위해 거동해 주시리라고는…… 믿을 수 없는 일이건만 하인 김 씨는 기다림을 포기하지 않았다.

옥문 살에 얼굴을 반쯤 내민 채 안방마님 권소라를 기다리는 하인 김 씨의 얼굴은 벌써 사색이 되어 있었다. 시시각각 흐르는 시간마저 아까웠다. 시간을 주워담을 수 있는 거라면 주워담아 꼭꼭 숨겨놓고 싶은 심정이었다. 그렇게 얼마나 시간이 흘렀을까. 인기척이 났다. 그리고 익숙한 분 냄새가 향긋하게 나고 있었다. 하인 김 씨는…… 자리에서 벌떡 일어났다.

"마님……!"

장옷으로 얼굴을 가린 안방마님 권소라는 하인 김 씨가 머무는 옥문 앞으로 바짝 다가섰다.

"마님! 고맙습니다, 고맙습니다……. 이 깊은 밤에 이놈을 위해서 걸음을 해주시다니……."

"니놈이 예뻐서 온 건 아니니까 그렇게 반길 건 없다."

"고맙습니다, 고맙습니다. 마님……."

"사설은 접어두고……. 날 만나자고 그렇게 간곡히 기별을 넣었던 연유가 뭐냐?"

"살려주십시오, 살려주십시오! 마님……!"

하인 김 씨는 옥문 안에서 무릎을 탁 꿇었다. 두 손을 합장하고
는 손바닥이 닳도록 빌었다. 살길을 찾으려는 안간힘이었다. 하인
김 씨는 무릎을 꿇고 손바닥을 비볐다. 지금 이 순간에는 하인 김
씨가 할 수 있는 마지막 몸부림이었다. 잘못이 없어도 잘못했고 억
울했지만 그래도 잘못했고 억울하고 분한 마음이 들었어도 잘못했
다고 할 수밖에 없었다.

살려만 준다면…… 천한 목숨이긴 해도 살려만 준다면 무슨 짓
이든 못하랴 싶었다. 그러나 안방마님 권소라의 태도는 냉랭했다.
그리고 바람에 댓잎 부딪히는 듯한 소리로 날카롭게 외쳤다.

"살려 달라? 살려 달라 했느냐?"

"살려주십시오, 살려주십시오! 마님……!"

"니놈이 목숨 아까운 줄은 아는 모양이구나……. 사람 목숨이
아깝고 소중한 것을 아는 놈이…… 내 아버지를 죽였더란 말이냐?
내 아버지를 죽여놓고 니놈은 살고 싶단 말이냐?"

"아닙니다! 아닙니다! 마님이 잘 아시지 않습니까? 이놈이 사람
을 죽이지 않았다는 건 마님이 더 잘 아시지 않습니까?"

"닥쳐라, 이놈!"

안방마님 권소라는 서릿발 같은 소리로 외쳤다. 분노가 치밀어 오른 듯한 독한 소리였다.

"죽을 죄를 지었습니다, 용서해주십시오……. 그 한마디를 듣고자 왔건만 잘못했다는 말은커녕 살려 달라? 살려 달라 그 말을 하다니?"

"마님, 마님……. 이놈이 사람을 죽이지 않았다는 건……."

"닥치거라, 이놈! 어디서 발뺌하려 드느냐? 니놈은 내 아버지를 죽인 살인자야! 천 번 만 번 죽어도 시원치 않을 놈이란 말이다."

안방마님 권소라의 말투에는 독소만이 있었다. 하인 김 씨를 살인자로 지목하여 소리 지르셨던 건 결국 아버지를 잃은 충격 때문에 헛소리로 내뱉었던 건 아니었다.

계획적이셨다. 처음부터 계획적이셨다. 구정모 대감을 구해내려는 계획이었다. 영리하고 영악하신 안방마님이시다. 죽은 아비를 끌어안고 오열하면서 머릿속으로는 친정아버지를 죽인 지아비를 구해내려는 지혜를 짜내셨고 계획을 세우셨다. 애초부터 하인 김 씨를 희생 제물로 할 참이셨다.

안방마님 권소라는 무릎을 꿇고 손바닥을 비비고 있는 하인 김 씨를 벌레 보듯 흘겨보며 외쳤다.

"니놈이 끝까지 잘못을 인정하지 않는다면…… 니놈의 식솔까지 참형을 면하지 못하게 하겠다!"

협박이었다. 무서운 협박이었다.

살인자가 되어 잠자코 죽어버리라는 협박이었다. 누명이라니? 억울하다니? 그따위 말은 입 밖에도 내지 말라는 은연중 협박이었다. 그런 말을 한마디라도 꺼낸다면 무슨 이유를 대서라도 식솔까지 참형시킬 수 있다는 협박이기도 했다. 하인 김 씨에겐 이미 선택의 여지조차 없었다.

하인 김 씨는 어디까지나 구정모 대감의 하인일 뿐이었다. 그동안 은혜를 입었던 것도…… 이렇게 살인누명을 쓰고 죽어야 하는 것도 하인이기 때문에…… 구정모 대감의 하인이라는 이유 때문이었다. 주인 대감이 살인을 했으면 하인이 살인자가 되어 죽으라는 것이다. 하인 김 씨는 몸을 무너뜨리며 옥 바닥에 풀썩 주저앉았다. 하인 김 씨는 타의에 의하여 이미 죽음의 문턱에 들어서 있었다.

어쩌면 남아있을 아내와 아들의 안전을 위하여 침묵할 수밖에 없는 처지에 놓여있다고나 할까? 하인 김 씨의 입을 닫고 침묵하게 할 방법은 죽음밖에 없었다. 얼마 동안 길고 살벌한 침묵이 흘렀다. 안방마님 권소라는 하인 김 씨를 내려다보며 묘하게 질문을 던졌다.

"어찌하겠느냐? 그리하겠느냐?"

"……."

"니놈이 그렇게 하겠다면 니놈의 식솔들에겐 자유를 주고, 앞으로 살아갈 농토라도 줄 수는 있지. 그동안 니놈이 하인으로서 살았던 성실했던 몫으로 말이다!"

구정모 대감이 저지른 살인을 하인 김 씨가 안으라는 것이다. 그리고 조용히 참형을 당해준다면 아내에게, 아들에게 자유도 주고 농토도 주겠다는 말이다.

너무나 어이없고 황당한 일이었다. 억울하다는 말 한마디 못한 채 죽어야 할 운명이었다. 하인 김 씨가 사색이 되어 입을 다물고 있을 무렵, 안방마님 권소라는 허리를 굽히더니 하인 김 씨의 귓속에다가 조그마한 소리로 속닥거렸다.

"니놈의 죄를 더는 추궁하지 않고 아내와 아들에게 자유를 준다는 건 종 문서를 돌려주겠다는 거야……. 너희 손으로 받아서 태워버리면 종의 신분에서 완전히 벗어나는 거야. 내가 그렇게 해주겠다는 거다."

은근하면서도 무서운 제안이었다. 그러나 받을 수 없는 제안이 아니었다. 받아야 할 제안이었다. 종 문서를 없애주겠다니? 아내와 아들이 종 신세를 면한다니? 하인 김 씨는 생각했다. 어차피 죽어야 할 목숨이라면 아내와 아들을 위해서 안방마님 권소라로부터 그 약속을 받아내어야 했다.

하인 김 씨는 떨리는 소리로 물었다.

"어…… 어떻게 말입니까?"

"니놈이…… 나를 믿을 수 있겠느냐?"

"예! 이놈은 안방마님의 처신을 믿습니다요……. 언제나 현명하
셨으니까요……."

"그러면 됐다!"

"……."

"니놈이 참형을 당하는 건 뻔한 일……. 그 날에 바로 니놈의 아
낙에게 종 문서를 내어주겠다. 니놈의 종 문서와 아들놈의 종 문서
까지 내어주겠다. 니놈의 목숨값으로 이만하면 충분하지 않느냐?"

"마님!"

"사실을 모두 인정하고 참형만 당한다면……, 그 날부터 니놈과
니놈의 아낙, 그리고 아들이 종에서 해방된다!"

"……."

"종에서 해방된다는 의미가 무엇인지는 잘 알지 않느냐?"

"예, 알지요. 얼마나 좋은 건지를요…… 이놈이 죽었어도 종에서
해방될 수 있다니…… 그 또한 기쁜 일입니다요……."

"약속하마, 아무 염려 말아라. 니놈의 아낙과 아들이 자유롭게

살아갈 수 있도록 해 줄테니까……. 덤으로 농토도 주겠다고 하지 않느냐."

"마님의 그 약속……, 가슴에 새기며 가겠습니다!"

하인 김 씨는 더는 망설이지 않았다. 종놈으로 태어나 주인 대감을 대신해서 죽는 몫으로는 그만하면 될 성 싶었다.

더는 바랄 것도 없었다.

어둠 속에서 그들의 약속은 서로의 희망이 되어 이루어졌다. 은밀하게…… 그리고 만족스럽게. 지아비를 살인자에서 구해내고 지켜 내려는 안방마님 권소라의 지혜는 그렇게 매듭이 되었다. 하인 김 씨로서도 나쁠 건 없었다.

어차피 살인자라는 누명을 쓴 채 죽어야 한다면 아내와 아들에게 종 신세를 면하게 해주고…… 죽을 수 있다면 개죽음은 아니라는 생각이 든 것이다. 하인 김 씨는 기꺼이 죽을 각오를 했다. 살인 누명을 썼지만, 억울하게 죽지만 그런 건 더는 따지고 싶지도 않았다. 아내와 아들이 종 신세를 면한다고 하지 않는가? 내 아내가 종 신세를 면하고 내 아들이 종살이에서 벗어날 수 있고……. 그 이상 무엇을 바라겠는가? 이보다 더 큰 대가는 없을 성 싶었다.

하인 김 씨는 울먹거리는 소리로 말했다.

"마님…… 이놈은 마님만 믿겠습니다!"

"염려 말아라!"

"제 아내와 아들놈에게 종 신세를 면하게 해주시겠다는 약속 꼭…… 지켜주십시오."

"니놈이 저지른 죄는 잔인하고 참혹했지만, 그동안 대감을 위해 헌신하듯 살았고…… 내 집안을 알뜰히 살펴준 게 가상해서 은혜를 베푸는 것이니 죽는 순간까지도 대감이 베풀고 내가 베풀어 주는 은혜를 잊어서는 안 될 터……."

안방마님 권소라의 눈빛이 강렬하게 번뜩거렸다. 살인자가 된 채 죽어달라는 강렬한 암시의 눈빛이었다. 하인 김 씨는 고개를 끄덕거렸다.

"여부가 있겠습니까?"

"모든 건 니놈이 할 탓에 달렸다!"

"예! 마님……. 심려 끼쳐 드릴 일은 하지 않겠습니다!"

"그게 대감을 위한 충절이다! 하인으로서의 충절이란 말이다!"

"예, 마님!"

하인 김 씨는 떨리는 소리로 대답했다.

그리곤 옥 안에서 일어나 권소라에게 큰절을 올렸다. 비록 살인 누명을 쓴 채 참형을 당하는 목숨이긴 했지만, 아내와 아들을 종살이에서 면하게 할 수 있다는 희망이 있었기에 하인 김 씨는 기꺼이 죽을 각오를 했고 살인누명을 씌운 안방마님 권소라에게 큰절까지 올렸다. 약속을 지켜달라는 무언의 인사였다.

안방마님 권소라는 장옷을 고쳐 입고는 몸을 돌렸다. 옥문에서 떨어져 저만치 걸어가고 있는 안방마님 곁에는 한 소년이 안방마님 권소라에게 손이 쥐어진 채 따라가고 있었다. 미홍이었다.

5

잔인한 판단

아침부터 시커먼 구름 떼들이 스멀스멀 몰려드는 하늘조차 을씨
년스러웠다. 한줄기 비라도 쏟아지려나 싶었지만, 한나절이 가까워
도 비는 한 방울도 떨어지지 않았다. 이따금 골목을 돌아 나오는
듯한 바람 만이 으스스 할 뿐이었다.

오늘은 하인 김 씨가 참형을 당하는 날이다. 아내와 아들을 종
살이에서 해방시켜주겠다는 안방마님 권소라의 약속이 희망이었
던 하인 김 씨는 오직 안방마님 권소라의 약속만 믿었다. 아내와
아들이 종살이에서 벗어날 수 있다면 기꺼이 죽을 각오가 되어있
었던 하인 김 씨였다. 안방마님 권소라의 친정아버지를 죽인 사람
은 엄연히 구정모 대감이었지만 살인자가 되어 형장에 끌려가는
사람은 하인 김 씨였다.

　아내와 아들을 종살이에서 해방시켜준다는 안방마님 권소라의 제안은 하인 김 씨로서는 거부할 수 없는 제안이었다. 오롯이 살인자가 되어 참형 당할 각오가 아니라면 받아들일 수 없었던 제안이었다. 하인 김 씨는 억울하다는 말 한마디 하지 못했다. 살인누명을 썼어도 누명이라는 말 한마디 하지 않았다. 주인댁 안방마님의 친정아버지를 죽인 살인자가 된 채 형장에 끌려가는 신세가 되었다. 망나니의 칼춤에 목숨이 떨어져 나가야 하는 게 무섭고 끔찍했지만, 아내와 아들을 종살이에서 벗어나게 하려는 하인 김 씨의 마음은 절실하고 절실했었다.

　살인자가 되어 참형을 당한다 해도 아내와 아들이 종 신세에서 벗어날 수 있다면 더는 바랄 게 없었던 김 씨였다. 남의 집 종이라는 신세가 얼마나 무거운 멍에였던가를 누구보다도 잘 알고 있었던 하인 김 씨로서는 아내와 아들이 종 신세에서 벗어나 자유롭게 살 수 있다면 그 대가로 자신의 목숨은 기꺼이 포기할 수 있었다.

　그러나 죄명은 더러웠다. 하인 김 씨는 주인댁 안방마님을 겁탈할 심사로 안방까지 뛰어들어갔다는 것이다. 마침 안방에 계셨던 마님의 친정아버지와 마주치게 되었고 뜻을 이루지 못한 하인 김 씨는 미리 들고 들어갔던 칼로 안방마님의 친정아버지를 난도질하듯 잔인하게 죽였다는 죄명이었다.

하인 주제에 주인댁 안방까지 뛰어들었다는 것조차 용납할 수 없는 큰 죄이거늘 안방마님을 겁탈까지 할 심사라니? 하인 김 씨는 그 죄명만으로도 죽일 놈이었다. 그런 데다 사람까지 죽였으니…… 참형을 당해도 시원치 않을 만치 무서운 놈이고, 잔인한 살인자 놈이었다.

그런 하인 김 씨를 보려고 몰려든 사람들이 인산인해를 이루었다. 아낙네들은 쑥덕거렸고 남정네들은 분개하며 침을 퉤퉤 뱉기도 했다.

"저런…… 하인 놈 때문에 종살이가 더 힘들어지는 거야. 하인 놈 주제에 감히 안방마님을 겁탈할 심사였다니? 더군다나 좌의정 대감 구정모 대감의 안방마님 아니신가?"

"하인 놈이 미쳤구먼……."

"미치지 않고서야……. 어찌 그런 끔찍한 일을……."

몰려든 사람들은 하인 김 씨는 죽어도 마땅하다고 떠들어댔다.

아낙네들은 겁먹은 소리로 쑥덕거렸다.

"세상이 우찌 될려고…… 하인 놈이 감히 안방마님을…… 주인댁 안방마님을 겁탈할 생각을 했을꼬……!"

"미쳤거나, 간 큰 놈이었나 보지!"

"안방마님 친정아버지가 거기에 없었더라면 안방마님이 꼼짝없이 살해당했을 게 아닌가?"

"더럽게 욕을 당하고 죽었을 테지……." "아이구, 끔찍해라!"

"아이구, 무서운 놈!"

하인 김 씨는 그렇게 죽일 놈으로 낙인까지 찍혔다. 죄명도 더러웠고 죄질은 더욱 더러웠다. 하인 김 씨는 그렇게 꼼짝없이 살인자가 되어 버렸다.

그때였다. 누군가가 큰소리로 외쳤다.

"저기…… 달구지가 오고 있다!"

"죄인 놈을 태운 달구지다!"

"죽일 놈! 잔인한 놈!"

죄명도 더럽고 죄질도 나쁜 하인 김 씨를 향한 사람들의 분노는 하늘을 찌를 듯했다. 비난과 욕설이 난무하는 사이로 하인 김 씨를 태운 달구지가 천천히 지나가고 있었다. 하인 김 씨는 두꺼운 나무 창살이 촘촘히 박힌 형틀에 갇힌 채 달구지에 실려 있었다. 고문과 몰매에 얼마나 시달렸는지 몰골이 말이 아니었다. 핏자국으로 풀 먹인 헝겊처럼 말라서 빳빳해진 옷은 그나마 갈가리 찢겨 있었고 머리는 산발이었다. 누가 보아도 사람 몰골 같지 않았다.

그런데도 하인 김 씨의 눈은 빛나고 있었고 표정은 밝았다. 죽어 가면서도 희망을 품은 하인 김 씨였다. 아내와 아들을 종살이에서

해방시키기 위해서라면 살인마가 된 채 죽어도 여한이 없다는 표
정이었다. 남편으로서 해야 할 도리를 다한 것 같고 아들에겐 아버
지의 책임을 다했다는 안도감에 오히려 마음이 편안해진듯 했다.

하인 김 씨는 사방을 두리번거렸다. 죄명이 더럽고 죄질도 나빴
던 죄인이라서 그랬는지 가족과의 면담도 없었다. 단 한 사람의 면
회도 허락되지 않았던 것이다. 면회도 하지 못했던 아내와 아들이
어디선가에서 올 것 같이 여겨졌다. 사방을 두리번거리며 아내와
아들을 찾고 있는 하인 김 씨의 눈에도 조금씩 초조감이 서리기
시작했다. 그때였다.

"아부지!"

피를 토하는 듯한 소리로 아버지를 부르며 사람들을 헤치고 다
가오는 열댓 살의 사내아이, 하인 김 씨의 아들 성재였다. 옷은 남
루하고 누추했지만, 어깨가 떡 벌어지고 가슴팍이 넓은 건장한 체
격이었다. 나이에 비해 체격이 건장하고 키도 컸다. 골격이 탄탄하
고 두상이 큰 게 여간 튼튼한 모습이 아니었다. 늠름한 모습에서
담력이 넘쳐 보였다.

살인자가 되어 형틀에 갇혀 끌려가는 아비를 만나기 위해 얼마
나 뛰고 얼마나 달려왔는지 숨을 헉헉거렸다. 숨을 할딱거리며 사
람들을 헤치고 달려온 하인 김 씨의 아들 성재는 아버지가 갇혀

있는 형틀을 움켜쥐며 피를 토하는 듯한 소리로 외쳤다.

"아버지!"

"······."

"아버지!"

성재는 아버지를 연거푸 불러대면서 울어댔다. 죄인인 하인 김 씨에게는 비난과 욕설이 쏟아졌지만 죽으러 가는 아비를 붙들고 울어대는 성재의 모습은 눈물겨웠다. 그런 아들을 바라보는 하인 김 씨의 눈에서는 살을 태울 듯한 뜨거운 눈물이 볼을 타고 줄줄 흘러내렸다. 하인 김 씨는 품속에서 무언가를 급히 꺼내더니 성재의 남루한 옷 속으로 깊숙이 집어넣었다.

"잘 간직하거라!"

"······."

"아버지의 목숨이고, 살아 있는 어므이랑 너를 지켜 줄 물건이다!"

"명심하겠습니다!"

성재는 아버지가 깊숙이 쑤셔 넣어 준 물건을 떨어뜨리지 않게 겨드랑이에 꼭 끼우고는 아버지에게 귓속말처럼 말했다.

"아버지! 저는 압니다. 아버지가 살인자가 아니라는 것을요."

"오냐! 아버지는 살인자가 아니다! 절대 사람을 죽이지 않았으니 기죽지 말고 살아야 한다!"

5. 잔인한 판단

"그런데…… 그런데 왜 그랬습니까?"

"애비 목숨보다는 어머니와 우리 성재가 더 중요하니까 그랬지! 반드시…… 잘 살 거다. 성재야…… 그라고……."

그러나 하인 김 씨는 더는 말을 할 수가 없었다. 안방마님 권소라와 주고받았던 약속의 말을 아들 성재에게 말해야 했는데 달구지를 끌고 가던 포졸 네댓 명이 성재에게 달려들어 형틀에서 떨구어내며 저만치 내동댕이쳐 버린 것이다. 성재는 저만치 내동댕이쳐진 채 절규하듯 아버지를 불러댔다.

"아버지! 아버지!"

열댓 살의 건장한 체격의 성재였지만 네댓 명의 장정 포졸들을 당해 낼 수는 없었다. 땅바닥에 내동댕이쳐진 채 아버지를 불러댔지만, 소용이 없었다. 형틀에 갇힌 하인 김 씨는 아들 성재를 바라보며 피 같은 눈물만 흘렸을 뿐이다.

안방마님 권소라와의 약속을 큰소리로 일러 줄 수는 없었다. 어머니와 성재는 종살이에서 벗어날 수 있으니 잘 살 수 있을 거라고, 그렇게 말하고 싶었는데 포졸들은 아들 성재를 저만치 내동댕이친 채 달구지를 끌기 시작했다. 하인 김 씨의 안타까운 마음은 아랑곳없이 달구지는 빠르게 끌려갔고 아들 성재와는 점점 더 멀어지기만 했다.

하인 김 씨는 형틀 나무 살을 움켜쥐고, 아들 성재를 향해 얼굴을 내밀며 있는 힘을 다해 소리쳤다.

"성재야…… 잘 살아라……."

"……."

"어므이 모시고 잘 살아라……."

"……." "아무 걱정하지 말고……."

"……."

"아무 걱정하지 말고, 잘 살아야 한다……."

"……."

"너는 이제부터 종놈 신세도……."

아들 성재에게 종놈 신세도 면하게 될 거라고 소리치고 싶었던 하인 김 씨였다. 그러나 하인 김 씨는 입을 다물 수밖에 없었다. 포졸 한 사람이 다가와서 하인 김 씨를 우왁스럽게 밀어붙였다.

"그렇게 걱정되는 아들놈을 생각해서라도 착하게 살아야제…… 이놈아. 아무리 못된 놈이지만, 주인댁 마님을 탐내는 놈이 어디 있으며…… 칼을 들고 들어가 살인까지 저지를 생각마저 했으니…… 니놈은…… 천 번 만 번 목을 쳐도 시원치 않을 잔인한 살인자야! 입이 살아 있다고 할 말을 다할 수 있는 놈이 아니란 말이다!"

죄명이 더럽고 죄질이 나쁘다고 혹평을 받아야 했던 하인 김 씨는 끌고 가는 포졸들에게까지 천대받는 신세였다. 구경꾼들조차 동정의 시선을 보내지는 않았다.

하인 김 씨는 처참한 모습으로 달구지에 끌려갔고 끌려가면서도 온갖 비난과 욕설을 들어야 했다. 해는 이미 뉘엿뉘엿 저물고 있었다. 하인 김 씨는 저물어 가는 햇살이라도 두 눈에 담고 싶었다. 두 눈에 눈물이 그렁그렁 고인 채 햇살을 바라보는 하인 김 씨! 종 살이 서러움이 바위처럼 무거웠거늘. 그 마지막 죽음까지도 비참 하고 억울한 하인 김 씨였다. 그러나 하인 김 씨의 가슴에는 아내 와 아들만은 종살이 신세를 면할 수 있다는 희망이 피고 있었다. 하인 김 씨는 중얼거렸다.

"암! 아내와 내 아들 성재만은 종살이에서 벗어나야지! 종놈 신 세에서 벗어나야지! 이 애비가 비록 종놈으로 태어나 종놈으로 살 다가 억울하게 죽어가지만…… 아내와 우리 성재를 위해서는 잘 된 일이야! 암! 암, 잘 되고 말고…… 우리 성재는 종살이에서 벗 어나기만 하면 장군도 될 수 있는 놈이지! 칼 차고 활을 쏘아대는 훌륭한 장군! 훌륭한 무사가 될 놈이지! 우리 성재는 틀림없이 그 럴 수 있지! 틀림없이 그럴 수 있지!"

하인 김 씨는 희망을 품은 채 참형 당할 형장으로 끌려가고 있 었다. 달그락거리는 달구지 위에서, 종살이를 면하게 될 아내와 아들의 모습을 그려보며 웃을 수도 있었다.

하인 김 씨를 끌고 가는 달구지가 구경꾼들의 무리에서 조금씩 조금씩 멀어지고 있었다. 그리고 구경꾼들도 한사람, 한사람 돌아서서 가고 있었지만, 장옷을 입은 여인 한 사람은 오랫동안 그 자리에 서 있었다. 그리고 여인의 곁에는 나이 어린 소년이 바짝 붙어 서 있었다. 안방마님 권소라와 소년 미홍이었다.

소년 미홍이는 딸꾹질하듯 흐느꼈다. 맑은 두 눈에서는 쉴 새 없이 눈물이 흘러내리고 있었다. 지금이라도 저 달구지 뒤를 쫓아가며 외치고 싶었다. 안방마님 권소라의 친정아버지를 죽인 사람은 하인 김 씨가 아니라 대감님이시라고…… 고발하듯 외치고 싶었다. 하인 김 씨를 죽이고 있는 건 안방마님 권소라뿐만 아니라 미홍이 자신도 동참하고 있었다는 죄책감에 어린 미홍이는 울음을 그칠 수가 없었다. 솟구치는 눈물을 멈출 수가 없었다.

달구지 뒤를 쫓아가면서 하인 김 씨에게 백 번 천 번 사죄하고 싶었다. 잘못했다고…… 말하고 싶었다. 그러나 미홍이는 움직일 수도 없었다. 안방마님 권소라의 손아귀에서 손을 뺄 수도 없었다. 안방마님 권소라는 어린 미홍이의 손을 꼬옥 붙든 채 냉혹한 어조로 내뱉었다.

"이제…… 다 끝났다!"

안방마님 권소라의 입가에 묘한 미소가 번지고 있었다. 그리고 안방마님 권소라는 미홍이의 귓속에 입술을 대면서 나직하고 작은 소리로 속삭이듯 말했다.

"미홍아!"

"……"

"하인 김 씨는 억울하게 죽으러 간 게 아니야!"

"……"

"나름대로 탁월한 선택을 한 게지!"

안방마님 권소라는 미홍이의 얼굴을 살며시 들여다보며 그 묘한 웃음을 입가에 띄웠다. 그리곤 더 나직한 소리로 말하는 것이다. 열 살배기 어린 미홍이에게…….

"종살이한다는 건…… 지옥 같은 삶이란다……. 남의 집 종살이가 얼마나 비참하고 서러웠는가를 하인 김 씨는 절실히 느낀 거지. 그래서…… 아내와 아들에게만은 종살이 신세를 면하게 해주려고 스스로 죽음을 택했을 뿐이야! 종놈이긴 했지만, 개죽음은 아니지 않니?"

"아내와 아들을 종살이에서 면하게 해주시겠다고…… 마님께서 그렇게 약속하셨나요?"

"그랬지! 그렇게 약속했지!"

북촌로 향기

그리고 안방마님 권소라는 갑자기 깔깔대고 웃었다. 장옷으로 얼굴을 가리고 있었지만, 그 웃음 속에는 통쾌함이 철철 넘쳐나는 듯했다.

달구지에 끌려가는 하인 김 씨의 모습을 지켜보던 안방마님 권소라는 그렇게 통쾌하게 웃었다. 수족처럼 부리던 하인을 살인누명을 씌운 채 참형까지 시켰던 안방마님 권소라에겐 티끌만 한 양심도 없어 보였다. 양반의 권위와 허세로 똘똘 뭉쳐진 듯한 안방마님 권소라를 미홍이는 두려운 듯 바라보았다. 그때 안방마님 권소라는 남자처럼 껄껄거리며 웃었고, 그리고 중얼거리고 있었다.

"어리석은 놈!"

"……"

"저 어리석은 놈은…… 약속된 말만 믿고 죽으러 가는 거지!"

어린 미홍이는 그 순간 제 귀를 막았다. 두 손으로 두 귀를 막는 미홍이의 눈꺼풀이 바르르 떨렸다. 그리고 미홍이는 지긋이 혀를 깨물며 이 무섭고 긴 순간을 견디어냈다. 아무 말도 없이……. 그야말로 숨소리도 죽인 채 말이다.

망나니의 칼춤에 목이 달아날 하인 김 씨를 태운 달구지는 이미 저만치 멀어져 갔고 안방마님 권소라는 앓던 이라도 빼낸 듯 통쾌하게 웃어대는 이 순간 미홍이는 비로소 자신도 안방마님 권소라

86

와 조금도 다를 바 없는 죄인이라고 느꼈다. 살인현장을 똑똑히 목격했고…… 사람을 죽인 살인자가 누구인지를 분명히 알면서도 진짜 살인자는 밝히지 않았던 침묵 자체가 죄였다는 것을 미홍이가 모를 리가 없었다. 비록 어린 나이였지만 미홍이는 죄책감에 눌려 숨을 쉴 수 없었고 지금이라도 달구지 뒤를 쫓아가며 하인 김 씨가 살인자가 아니라고 외치고 싶었던 미홍이었다.

그러나 미홍이는 꼼짝할 수가 없었다. 미홍이의 손을 움켜쥐고 있는 안방마님 권소라의 손아귀 힘은 어린 미홍이가 뿌리치기에는 너무도 강했다. 안방마님 권소라는 있는 힘을 다하여 미홍이의 손을 움켜잡고 있었다. 달구지 뒤를 쫓아갈 수 없는 안타까움! 그리고 숨을 쉴 수 없을 만큼 죄여오는 죄책감에 어린 미홍이는 숨소리도 죽인 채 그렇게 서 있어야만 했다.

안방마님 권소라의 묘한 미소. 그리고 남자처럼 껄껄거리며 웃는 웃음소리가 공포스럽게 미홍이의 귓속을 채우고 있었다. 안방마님 권소라의 손에 이끌려 돌아서서 가는 미홍이의 눈에는 눈물만 그렁그렁 고였다.

그러나 미홍이는 보았다. 아버지를 불러대며 달구지 뒤를 쫓아가는 건장한 몸집의 소년을……. 아버지를 불러대는 소년이 하인 김 씨의 아들이라는 것은 누구든 다 알만했다.

참수 당하러 끌려가는 아버지를 쫓아가며 아버지를 불러대는 하인 김 씨의 아들 성재의 목소리는 피묻은 절규였다. 그 소리가 갈라지면서 한 가닥 한 가닥 칼끝이 되어 어린 미홍이의 가슴을 찔러대는데…… 안방마님 권소라는 눈썹 한 가닥 흔들리지 않았다. 그리고 그 묘한 웃음만이 입가에서 점점 커지고 있을 뿐이었다.

5. 잔인한 판단

6
가면 속 진심

이듬해 봄 앞뜰에는 개나리 가지마다 어깨를 맞대고 꽃을 피우고 있었다. 한 송이 한 송이 조그마한 노오란 꽃송이는 넝쿨째 어우러져 멀리서 보면 빈자리 한 점 없이 무리를 지어 핀 듯했다. 노오랗게 황금빛을 발하며 탐스럽게도 피었다. 지금 미홍이의 처지가 저 노오란 개나리꽃 같았다.

좌의정 구정모 대감 댁이라는 울타리 안에서 안방마님 권소라가 햇살처럼 뿜어대는 사랑을 받으며 가지를 뻗치고…… 뿌리를 탄탄하게 박고 있었다. 이제 열 살을 갓 넘긴 어린 나이였지만 미홍이는 의젓했고 성실했고…… 또 조심스러웠다. 안방마님 권소라의 아낌없는 사랑을 받으면서도 되먹지 않게 거만을 피우거나 오만방자한 행동이 없었다.

거기다가 글 읽기를 좋아했고 서재에서 공부하기를 좋아라 했다. 말수가 적고 몸가짐도 단정했지만, 글공부에 여념이 없는 미홍이는 누가 보아도 양반집 자제의 기질이 흘러넘쳐 있었다. 좌의정 구정모 대감 댁 자제라는 게 손색이 없을 만큼 반듯했다. 거기다가 인물까지 출중했으니 어디에 누구 앞에 나서도 구정모 대감 댁 자제 같아 보였다.

안방마님 권소라는 그런 미홍이를 그야말로 자신이 배 아파서 낳은 자식처럼 아끼며 사랑을 쏟았다. 유창하게 읽어대는 미홍이의 글 읽는 소리를 들을 때마다 행복한 미소를 떠올렸고 만족해하는 기색이 역력한 안방마님 권소라였다.

아무리 깊은 밤이라 해도 미홍이의 글 읽는 소리를 들으면 안방마님 권소라는 손수 다과상을 차려 미홍이가 거처하고 있는 방으로 서슴없이 들어오곤 했다.

"애미다. 들어가도 되겠느냐?"

어느새 안방마님 권소라는 자신이 미홍이의 어머니라는 것을 거침없이 뱉어냈고 미홍이가 구정모 대감의 아들이라는 것을 어디서나 인식시키는 것을 잊지 않았다.

집안 어른들이나 집안의 말단 하인까지 미홍이를 구정모 대감의 아들이라는 것을 인식했고 미홍이를 구정모 대감의 아들로 대우했고, 또 그렇게 대했다. 미홍이는 이제 떠돌이 미홍이가 아니었다. 한 끼 끼니를 얻어먹으려고 떠돌아다니는 떠돌이가 아니었다. 말 끔한 도령 복에 기름진 음식도 배불리 먹을 수 있는 처지였다. 맘 껏 뛰어놀고, 맘껏 돌아다녀도 누가 말릴 사람도 없었고 눈살 찌푸 릴 사람도 없었다. 그러나 미홍이는 스스로의 처지를 너무나 잘 알 고 있었다.

비록 지금 이 자리가 호강스러운 자리라고 여길지 모르지만, 결 코 만만한 자리가 아니라는 것을 미홍이는 알고 있었다. 마치 비단 방석에 바늘이 꽂혀있는 느낌이라는 것을…… 비단 방석의 바늘 을 빼내는 역할은 오직 미홍이 자신만이 해야 할 몫이라는 것을 미홍이는 너무도 잘 알고 있었다. 미홍이는 비단 방석의 바늘을 빼 내기 위해 할 수 있는 건 오직 글공부뿐이라는 것을 알았다.

어떻게 되었든 간에…… 무슨 연유였든 간에…… 대감 댁 자제 로 살고 있고, 대감 댁 자제로 살아가는 동안 공부를 할 수 있다 는 건 미홍이에겐 천행이었고, 운명을 바꿀 기회라는 것쯤은 미홍 이는 절실히 깨달았던 것이다.

그날도 글공부에 여념이 없는 미홍이를 보며 안방마님 권소라는 손수 다과상을 들고 미홍이가 거처하고 있는 방으로 들어온 것이 다. 미홍이는 글을 읽다 말고 자리에서 벌떡 일어났다.

"밤이 깊은데 주무시지 않고……."

"글 읽는 소리가 하도 낭랑해서…… 이끌리듯 들어왔구나. 행여
방해는 되지 않았는지?"

"아닙니다, 어머니. 자, 여기 앉으십시오!"

미홍이는 깔고 앉았던 방석을 안방마님 권소라에게 내밀며 허리
를 굽혀 반절했다. 어느새 몸에 익혔는지 예의범절도 바른 미홍이
었다.

"아니다! 글공부하는 사람이 앉는 방석이다. 함부로 누가 앉아서
는 안 되지. 아무리 애미지만 글공부하는 아들이 앉는 방석에 앉
으면 안 되는 거야……. 어서 방석에 앉아. 애미는 바닥에 앉아도
좋다. 글공부에 방해가 안 된다면 잠시 앉았다 갈까 하고 들어 온
게다!"

안방마님 권소라는 이렇듯 미홍이에게 조심스러웠다. 그야말로
아들에게만 베풀 수 있는 지극정성이었다.

안방마님 권소라의 권유로 방석에 앉은 미홍이는 민망했고 미안
스러웠지만, 안방마님 권소라의 고집을 꺾을 수는 없었다. 아
니…… 안방마님 권소라의 분부를 거역할 수는 없었다. 방바닥에
넙죽 앉은 안방마님 권소라는 미홍이와 자리를 마주하고 나서야
천천히 입을 떼었다.

"실은…… 애미가 우리 미홍이에게 한마디 전하고 싶은 말이 있어서……."

"무슨 말씀인지…… 말씀해주십시오……."

"물론 지금도 잘하고 있지만, 글공부에 전념하는 것을 게을리하지 말라는…… 당부를 하려 하는 거다!"

"예! 열심히 하려 합니다!"

"과거시험 장에는 내어놓으라는 양반집 자제들이 몰리는 곳이니……."

"과거시험? 말씀입니까?"

미홍이는 놀라서 제 귀를 의심하며 반문하듯 물었다.

"그래, 과거시험……."

안방마님 권소라는 힘을 주어 말했고, 미홍이는 놀란 듯 한동안 눈만 껌뻑거렸다.

과거시험이라니? 벼슬길에 오를 수 있는 그 과거시험! 설마……
그 과거시험에 응하라는 말씀은 아니시지 싶어서 미홍이는 눈을
껌뻑거렸고 놀란 입을 잠시 다물지를 못했다. 그러나 안방마님 권
소라의 표정은 의외라는 듯 고개까지 갸우뚱거렸다.

"과거시험에 응할 생각도 없이 공부하는 건 아니지 않느냐?"

"어머니…… 저더러 과거시험에 응하라는 말씀입니까?"

"당연하지! 당연하고 말고……. 좌의정 구정모 대감의 자제가 과거시험을 안 본다는 건…… 말이 아니지 않느냐!"

"어머니!"

"미홍아! 놀랄 것 없다. 너는 대감의 아들이고, 과거시험에 응할 자격이 충분하다. 그러니 시간 놓치지 말고 열심히 공부하도록 해라……. 과거시험을 거쳐야만 작은 벼슬자리에라도 오르지 않겠느냐. 장원급제하면 더욱 좋고 말이다. 호호……."

안방마님 권소라는 미홍이를 향해 눈꼬리를 올리면서까지 소리 내어 웃기까지 했다.

과거시험이라니? 장원급제라니? 벼슬길이라니? 미홍이의 눈이 커다랗게 떠졌다. 가슴이 벌렁거렸다. 귓속에서도 윙윙거리는 소리가 들렸다. 떠돌이 미홍이가 과거시험을 칠 수 있고 장원급제라는 꿈도 꿀 수 있고 벼슬길에도 오를 수 있다니? 안방마님 권소라는 미홍이를 그렇게까지 생각하고 있었다.

과연 안방마님 권소라는 치밀하고 영악스러운 여자임은 틀림없었다. 살인현장을 목격한 미홍이를 곁에 두면서 그 입을 막으려는 단순한 생각뿐인 것이 아니었다. 미래를 보고…… 미리 계획하는 여자! 안방마님 권소라는 영악하면서 결코 단순하지 않았다. 미홍이의 바른 마음과 성실한 태도…… 글공부에 능한 머리까지 지켜

보면서 미홍이를 벼슬길에까지 올려놓을 작정을 하신 거다. 이미 미홍이를 집안의 대를 잇게 할 기둥으로 여길 작정을 하셨음이 분명했다.

안방마님 권소라의 속셈이 그렇다 해도 미홍이가 거절할 이유는 없었다. 과거시험이라고 하지 않으신가? 미홍이가 과거시험을 치를 수 있게 하신다는 말씀이 아니신가? 벼슬길에 오를 수 있는 과거시험! 그 과거시험에서 장원급제도 할 수 있다면…… 벼슬 한자리는 따놓은 당상이다. 미홍이는 과거시험이라는 말에 떨렸고 흥분했고, 그리고 장원급제라는 거대한 꿈을 가슴에 새겼다.

미홍이는 자리를 고쳐 앉으면 안방마님 권소라를 향해 큰절을 올렸다.

"어머니…… 말씀 명심하겠습니다."

"이 애미도 너를 믿으마……. 열심히 해서 꼭 급제하고…… 장원급제라도 할 의향으로 열심히 하려므나!"

"예! 어머니, 그러겠습니다. 그러겠습니다."

"……."

"과거시험에 응할 수 있게 눈을 뜨게 해주시고, 귀를 뜨이게 해주신 은혜…… 잊지 않겠습니다."

"그렇게 생각해준다면…… 이 애미도 말할 나위 없이 행복하

네……."

안방마님 권소라는 미홍이의 등을 다독거려주고는 미홍이의 방에서 조용히 나갔다.

미홍이는 안방마님 권소라가 나간 지 한참이 되었어도 어리벙벙한 채 서 있었다. 믿기지가 않았다. 믿을 수가 없었다. 떠돌이였던 미홍이가 과거시험을 칠 수 있다니? 벼슬길에 오를 수 있는 과거시험에 말이다……. 미홍이의 그 맑은 눈빛에 결의의 빛도 강하게 빛나고 있었다.

미홍이에겐 벼슬길에 오를 수 있는 과거시험을 치르라고 부추기던 안방마님은 묘한 미소를 짓고는 미홍이의 방에서 나갔다. 그 시각은 아주 깊은 밤이었다.

바로 그날 밤. 안방마님 권소라는 장옷을 걸쳐 입고는 계집종 계순이를 앞세워 어디론가 가고 있었다. 밤은 깊었고 사방은 칠흑 같았다. 여인네의 발걸음도 요란스러울 만큼 깊고 고요한 밤이었다.

"하인 김 씨의 집을 잘 안다고 했지?"

"예! 마님."

계집종 계순이는 겁에 질린 듯 떨리는 소리로 대답했고 안방마님 권소라는 안심하는 듯한 얼굴이었다.

"그럼 됐다! 어서 앞장서서 걷거라!"

"예! 마님."

"서둘러야 한다……."

안방마님 권소라는 계순이를 재촉해대며 걸음 폭을 넓히고 있었다. 계순이도 이곳저곳을 기웃대며 걸음 폭을 넓혀가며 걸었다. 안방마님 권소라의 재촉이 이만저만이 아니었다.

길은 험하고 더러웠다. 주인 대감에게 혼신을 다한 듯 성실하게 살았던 하인 김 씨의 마음에 감복하여 움막 같은 집이긴 해도 식솔을 이끌고 살아가라고 장만해준 집이지만 안방마님 권소라가 친히 가 본 곳은 아니었다. 값만 치르고 하인 김 씨에게 살림집으로 따로 내어준 것뿐이었다. 계집종 계순이라면 하인 김 씨의 집을 알지 않을까 싶어 물었더니 계순이는 고개를 끄덕거리며 시원스럽게 대답했다.

"예! 마님, 잘 알고 있습니다."

"다행이구나……."

그리곤 이 깊은 밤에 계순이를 앞세워 하인 김 씨 집을 찾아가는 안방마님 권소라였다.

안방마님 권소라의 깊은 속셈을 알 수 없는 계순이는 걸음을 바삐 옮겼다. 얼마쯤 그렇게 걸었을까?

"여깁니다요, 마님."

계순이가 가리킨 집은 좁은 골목길에 꺾어진 곳의 아주 작은 오막살이 집이었다. 그야말로 움막 같았다.

그런데 이게 웬일인가. 그 작은 오두막집에 장정들이 쭉 둘러서 있었다. 얼핏 보아도 예닐곱은 넘을 성 싶었다.

"아이구머니나…… 이게 무슨 일이에요? 성재 집에 웬 사람들이 이렇게 몰려있대요?"

"잔소리하지 말고…… 기척이나 하거라!"

"예! 마님."

누구의 분부인데 거절할 수가 있겠는가? 무슨 영문인지도 모르고 계순이는 조그마한 싸리나무 문을 흔들어대며 성재를 불러댔다. 성재를 불러대는 계순이의 소리는 떨렸지만, 성재와는 친숙한 듯 보였다.

"성재야!"

"……"

"성재야……!"

"누구여?"

"나…… 계순이야. 안방마님과 함께 왔어!"

"안방마님께서?"

성재는 반신반의하듯 중얼거리며 짚신을 찾는 모양이다.

"곧 나가마!"

짚신을 제대로 신지도 못한 채 싸리나무 문 앞에 선 성재. 그때였다. 집 주위를 어슬렁거리며 섰던 장정들이 성재에게로 달려들었다. 성재는 이제 열여덟 살의 장정이었다. 그러나 칠 팔 명의 장정들이 덤벼들어 포박하듯 묶어서 끌고 가는 데에는 별수 없었다. 힘이 있어도 힘을 쓸 수가 없었다.

"대체…… 왜 이러는 겁니까?"

성재가 몸부림치듯 몸을 꼬아가며 소리 지르자 안방마님 권소라는 그때서야 성재 앞에 모습을 드러냈다.

"왜 이러는지 몰라서…… 그러느냐?"

"마님 대체 왜 이러십니까?"

"니놈의 애비는…… 내 아버지를 죽인 살인자였다. 살인자의 자식놈과 아낙을…… 우리집 종으로 부릴 수가 없어! 그래서 아랫동네 최 첨지에게 종 문서를 넘겼다. 니놈의 애미와 니놈은 이제 우리 집 종이 아니라 최 첨지의 종이 되었으니 그리 알고 따라가거라. 니놈이 열여덟 살이긴 하지만 힘이 장사라는 말에 여러 장정을 불러오신 모양이니…… 아무 소리 말고 따라가서 잘 살도록 해라."

안방마님 권소라는 능청스럽고도 대담했다. 하인 김 씨와의 약속은 언제 그랬냐 싶었다. 하인 김 씨의 아내와 아들을 종살이에서 풀어주겠다는 그 찰떡같은 약속은 무참하게 밟아버린 안방마님 권소라였다. 종 문서를 쥐여 주며 해방시켜주겠다는 약속과는 달리 오히려 다른 집으로 종 문서를 넘긴 것이다.

더군다나 아랫마을 최 첨지는 악평이 날 정도로 질이 나쁜 사람이었다. 종들을 이집 저집으로 팔아넘기기에는 능수였고 특히 계집종들은 나이만 되면 팔아넘기든지 최 첨지 자신의 욕정을 태우는 것으로 유명한 사람이었다. 하인 김 씨의 아내와 아들에게 종 문서를 되돌려주고 종살이에서 벗어나게 해주겠다는 찰떡같은 약속은 묵사발 밟듯 밟고는 그런 최 첨지에게 하인 김 씨의 식솔들을 팔아넘기는 안방마님 권소라였다.

살인자의 아내와 아들을 더는 자신들의 종으로 부릴 수 없어 다른 집으로 팔아넘긴다는 안방마님 권소라는 그렇게 제법 설득 있는 말로써 자신의 행동을 포장까지 하고 있었다. 무섭고 영악스러운 안방마님이었다. 계집종 계순이는 얼빠진 사람처럼 멍하게 서 있었다.

하인 김 씨가 억울하게 살인누명을 쓴 것을 계집종 계순이는 알고 있었다. 구정모 대감이 권 씨 어른을 향해 칼을 휘두르는 건 목격하지 못했지만 분명한 것은…… 구정모 대감이 미친 듯이 대청으로 올라갔고 방문을 활짝 열어젖혔다. 그리고 둔탁한 신음. 이어서 안방마님 권소라의 오열.

하인 김 씨는 그 소리를 듣고서야 방 안으로 들어갔었다. 미친 듯이 대청으로 올라가는 대감의 모습에 놀라 허겁지겁 대청으로 오르긴 했지만, 하인 김 씨가 안방까지 들어가기 전에 벌써 둔탁한 신음은 났었고 안방마님 권소라가 죽은 아비를 안고 오열했었다. 하인 김 씨는 주인 대감이 팽개치듯 놓쳐버린 칼을 집어 든 채 벌벌 떨었고 그때야 안방마님 권소라는 소리쳤다. 말하자면 하인 김 씨는 권 씨 어른이 둔탁한 신음을 내며 쓰러질 무렵에 안방에 들어섰다.

그러나 종인 신분으로써 그런 것을 바르게 말할 수 있게 내버려 두는 사람은 없었다. 아무도…… 아무도 진실을 말하지 않았다. 말 한마디 잘못하다간 목숨이 달아날 판이었다. 본 것이라고 다 말할 수 없었고 들었다고 다 말할 수도 없었다. 그것이 종살이 사람들의 슬픔이고 서러움이었다. 생명이 위태로웠던 상황이었기에 계순이는 입을 다물었다. 하인 김 씨가 한마디 변명도 못 하고 살인누명을 송두리째 쓴 채 죽어가야 했던 하인 김 씨처럼 까닥 잘못 말했다가는 쥐도 새도 모르게 죽을 수 있었다……. 계순이는 목숨이 아까워서 참았다. 죽을 수가 있었기 때문에 입을 다물고 살 수밖에 없었다.

하인 김 씨처럼 죽을 수는 없었다. 그렇다. 계순이가 그날 일을 목격한 사실을 안다면 안방마님 권소라는 계집종 계순이쯤은 무슨 핑계를 대서라도 죽이고 말 것이다.

계집종 계순이는 벌벌 떨면서 몸을 움츠렸다. 안방마님 권소라가 하인 김 씨의 집을 아느냐고 물었을 때만 해도 하인 김 씨의 아내와 아들을 다른 집으로 종살이 보내리라곤 생각도 못 했다. 안방마님 권소라는 종년이나 종놈들이 미처 생각하지 못했던 것들을 갑자기 분부하고 느닷없이 행동하긴 했지만, 하인 김 씨의 식솔들을 다른 집 종살이로 넘기리라곤 정말 상상도 못 했던 것이다.

안방마님 권소라에겐 인간의 양심이라곤 티끌만치도 없어 보였다. 양반의 권위와 체면만 있었고 양반 기질만 살아있었으며 가문과 자신들의 안위를 추구하는 일에는 물불 가리지 않는 추악한 여자였을 뿐이다. 사람이라면…… 아니, 인간으로서의 한 가닥 양심이 있다면 살인누명을 씌우고 죽인 하인 김 씨의 식솔까지 다른 집으로 팔아넘길 수는 없었다.

영문도 모르고 집 밖으로 나온 성재에게 장정들은 몰려들어 포박했고 성재는 무슨 일이냐고 겁먹은 소리로 외치고 있었다.

"마님…… 대체 무슨 말입니까? 제가 뭘 잘못했다고……."

"이놈아, 잘못한 게 없다니……. 니놈은 살인자의 자식이라는 그 이유만으로 잘못인 놈이야! 살인자의 자식놈을 내 집에서 부릴 수는 없지! 아랫동네 최 첨지 집으로 가는 거니 최 첨지 말씀 잘 듣고…… 최 첨지의 분부 잘 따르면서 살도록 해라. 동네에서 발도 붙이지 못하게 할 수도 있지만…… 니놈의 애미와 함께 최 첨지의 종으로 보내는 것을 다행으로 여기며 잘 살란 말이다!"

안방마님 권소라는 눈도 한 번 깜빡거리지 않았다. 입술에 침도 바르지 않고 술술 말도 잘했다.

하인 김 씨와의 약속은 씻은 듯이 잊어버린 사람 같았다. 아니, 애초부터 하인 김 씨와의 약속 따위는 지킬 생각이 없었던 권소라였다. 억울하니, 누명이니 하면서 떠들어 댈 하인 김 씨의 입을 틀어막기 위해서는 식솔들을 이용할 수밖에 없다고 생각했던 것이다. 안방마님 권소라의 생각은 적중했다.

살아있을 아내와 아들놈에게 종살이에서 풀어주겠다는 안방마님 권소라의 제안은 하인 김 씨로서는 망설일 수 없는 선택이었다. 아내와 아들놈을 종살이에서 풀어주겠다는 그 약속 하나만으로 하인 김 씨는 고분고분해졌고 살인누명이라는 말도 한마디 꺼내지 않았으며 억울하다는 소리도 감쪽같이 삼켜버리지 않았던가. 안방마님 권소라는 회심의 미소를 지었다.

하인 김 씨는 이미 죽었고, 하인 김 씨의 식솔들은 악명높은 최 첨지에게 팔아넘겼으니 손발이 부르터지도록 일을 하거나 뼈마디가 부러져나갈 만치 매질을 당하면서 살아야 할 것이다. 그렇게 살다 보면 애비가 주인집 마님의 친정아버지를 죽인 살인자라는 사실에 적응해가면서 살 테지…….

안방마님 권소라는 하인 김 씨의 아들이 체격이 좋고 힘이 세다는 것을 입소문으로 알았고 하인 한두 명으로 하인 김 씨의 아들을 끌고 갈 수 없다는 기별까지 최 첨지에게 미리 보냈다. 최 첨지는 하인들을 열에 일곱이나 데리고 왔으며 권소라가 오기도 전에 하인 김 씨의 움막집 근처에 진을 치고 서 있게 했다. 하인 김 씨의 아들 성재는 꼼짝없이 묶였고 악질이라고 소문난 최 첨지에게 팔려가고 있다는 것을 알았다. 종살이의 서러움이었다. 주인댁의 한마디가 법이었으니 꼼짝달싹할 수 없는 신세였다.

하인 김 씨의 아내가 끌려 나왔고 성재는 다른 하인들에게 끌려 나오는 어머니를 보며 애간장이 녹아내리는 듯한 소리로 부르짖었다.

"어머니!"

"성재야……."

"어머니, 어쩝니까……. 이제 어쩝니까?"

아들 성재는 이제 어쩌냐고 소리 지르며 울부짖었다. 최 첨지에게 팔려가는 신세를 한탄하며 소리소리 지르는 성재, 그리고 아무 소리도 못 하고 흐느끼는 하인 김 씨의 아내. 그들은 종살이로 태어난 운명을 탓할 뿐 더는 아무 소리도 할 수 없었고 더는 버틸 수도 없었다.

성재는 포박당한 채 끌려가면서 계순이를 바라보았다. 같은 신세의 계순이를 불쌍한 듯 바라보며 성재는 외쳤다. 마치 자신에게 외치듯이……

"계순아…… 니는 어떻게든 종살이에서 면하도록 해라. 종살이라는 것은 사람으로서 살 일이 아니다."

"……"

계순이는 손바닥으로 얼굴을 가리며 흐느꼈고 성재와 성재의 어머니는 그렇게 최 첨지에게 팔려갔다. 안방마님 권소라는 끌려가는 성재와 그 어머니를 지켜보고 나서야 최 첨지에게 종 문서를 넘겼다.

"이제…… 최 첨지의 종들이니 잘 다루시게……"

"예, 예! 감사합니다! 마님."

최 첨지는 권소라를 향해 허리를 구십도 각도까지 굽히며 절을 올렸다.

서글프고 서글픈 일이었다. 밤은 점점 깊어가고…… 깜깜한 밤처럼 어두운 종살이 길을 향해 하인 김 씨의 아낙과 아들은 끌려가고 있었다.

7

눈 녹으면 길 보이듯

그날 밤 일을 미홍이는 알지 못했다. 미홍이가 알고 있는 건 안방마님 권소라가 하인 김 씨의 식솔들을 종살이에서 풀어주기로 약속했다는 것과 안방마님 권소라는 반드시 그 약속을 지킬 거라는 믿음이었다.

시간은 빠르게 흘렀고, 하루하루는 속절없는 듯 지나가고 있었다. 이듬해 가을이었다. 시월도 중순으로 접어들면서 바람 끝에 겨울 추위가 대롱대롱 달렸던 어느 날 밤이었다.

미홍이는 방문으로 스쳐 지나가는 바람 소리를 노래처럼 들으며 글 읽기에 여념이 없었다. 이미 구정모 대감의 아들로 굳건히 자리를 잡은 미홍이었다. 몸가짐이나 예의범절에 익숙해진 미홍이는 양반집 자제로 손색이 없었거니와 글공부에도 제법 경지에 도달했다.

과거시험을 치겠다는 목표와 장원급제를 하겠다는 꿈을 품은 미홍이었다. 과거시험을 보고 장원급제를 하면 벼슬길에도 오를 수 있다는 희망이 미홍이의 가슴을 뜨겁게 했고…… 그 희망으로 향한 열정이 나날이 강렬해졌던 미홍이는 글 읽기에 목숨을 달아 놓은 것처럼 공부에만 전념을 쏟았다.

글 읽기에 전념하고 있을 때였다. 귀에 거슬리는 소리가 들렸다. 처음에는 별것 아닌 것처럼 예사로 들어 넘겼다. 그런데 소리는 점점 커졌고 명백해졌다. 귀를 기울였다. 미홍이가 거처하고 있는 방 뒤쪽이었다. 뜰이 있고 작은 곳간이 있는 곳이다.

거기에서 들려오는 소리는 이상하게 땅을 긁어대는 소리였다. 미홍이는 한참 동안 귀를 기울였다. 아무리 들어봐도 땅을 긁어대는 소리가 분명했다. 미홍이는 읽던 책을 덮고는 조용히 일어섰다. 그리곤 방문을 열었다.

안방에서는 아무 기척이 없었다. 안방마님 권소라는 깊이 잠이 든 모양이었다. 미홍이는 대청을 내려서면서 안방이 조용한 것을 다시 확인하고 나서야 걸음 소리가 나지 않도록 살금살금 걸었다. 그리고 안채 모서리를 돌아갔을 때였다. 어둠 속에서 뭔가가 보였다. 자세히 바라보니 작은 곳간 앞이었고, 곳간 앞에서 누군가가 쭈그리고 앉아 뭔가를 긁고 있었다.

미홍이는 아주 아주 발소리를 낮추며 다가갔고, 쭈그리고 앉아 뭔가를 긁고 있는 사람은 긁고 있는 것에 열중하느라 사람이 다가서는 것도 모르고 있었다. 인기척을 냈다가는 쭈그리고 앉아있는 사람이 기겁하며 소리를 지를 것이고, 소리를 지르다 보면 안방마님이 깰 것이다. 미홍이는 뒤쪽으로 다가가 쭈그리고 앉은 사람의 입을 틀어막았다. 팔을 돌려 입을 틀어막고서야 쭈그리고 앉은 사람은 놀라서 온몸을 버둥거렸다. 다행히 그 사람은 여자였고, 놀라서 버둥거리는 몸짓을 보고서야 자주 눈에 익은 자태라는 걸 알았다. 뜻밖에도 그 여자는 계집종 계순이었다.

미홍이는 계순이의 입을 틀어막은 채 일으켜 세웠고, 계순이가 일어서는 순간 계순이 치마폭에서 와르르 쏟아지는 게 있었으니 쌀이었다. 하이얀 쌀이었다. 곳간 앞에 쏟아지는 쌀을 보고 미홍이는 놀랐고 계순이는 들키지 말아야 할 것을 들킨 것처럼 놀랐다. 몸까지 바르르 떨면서 놀래는 계집종 계순이.

미홍이는 계순이를 안채 뒤뜰에서 멀어진 곳으로 끌고 나오면서 눈으로는 곳간 앞에 흩어져 있는 하이얀 쌀을 보고 있었다. 미홍이는 위엄있게 소리쳤다.

"이년…… 저건 쌀이 아니냐?"

"……"

"계집종이 주인댁 곳간에서 쌀을 훔쳐내?"

"……"

"니년이 죽으려고 작정을 한 모양이구나……."

"예! 죽으려고 작정을 했습니다……. 죽고 싶습니다. 이 자리에서도 확 죽고 싶은 심정입니다……. 평생을 종살이로 살 바에는 죽는 게 낫지요."

계순이는 발악하듯 외쳤다. 그야말로 안방마님 권소라가 들었다면 변명 한마디 못한 채 곤장에 맞아 죽을 소리였다.

미홍이는 안채에서 더 멀리 계순이를 끌고 오면서 위엄있게, 그러나 따뜻한 말투로 말했다.

"아무리 종살이가 힘들다 해도…… 죽어야 할 이유가 명백해야 하지 않겠느냐. 그렇게도 죽고 싶은 이유가 뭐냐?"

"언제, 어떻게, 어디로 팔려갈지 모르는 종년 신세입니다……. 안방마님의 눈짓, 말 한마디에 운명이 바뀌는 종년 신세가 아닙니까?"

"안방마님의 눈짓, 말 한마디에 팔려가다니? 누가 누구 집으로 팔려갔단 말이냐?"

"안방마님 곁에서 호의호식만 하시는 도령님께서 그런 것도 모르고 계셨습니까? 누가 어느 집으로 팔려가는지도 몰랐습니까?"

"바른대로 말해보아라……. 누가 누구 집으로 팔려갔단 말이냐?"

"세상 사람들이 다 아는 일을…… 왜? 도령님은 모르실까?"

계집종 계순이는 빈정대며 입까지 삐죽댔다.

미홍이가 남루한 옷차림에 안방마님 권소라 밑에 서 있는 것을 처음 본 사람이 계순이었다. 한눈에 보아도 거지꼴 행색이었던 미홍이가 언제, 어떻게 구정모 대감 댁에 들어왔으며 안방마님 권소라의 사랑을 받게 되었는지 모르겠지만, 분명한 건 지금 구정모 대감 댁에서 아들 노릇을 하는 미홍이가 양반집 자제는 아니라는 사실이었다.

그런데 무슨 연유인지 안방마님 권소라의 사랑을 독차지하고 있으며 아예 구정모 대감 댁 아들이 되었고, 아들 노릇을 톡톡히 하는 미홍이가 미웠던 건 사실이었다. 그런 미홍이가 이번에는 아주 양반 행세를 하며 다그치는 게 계순이가 볼 때는 꼴 사나웠다. 그러면서도 자칫 잘못하다간 이놈 손에 이끌려 안방마님 권소라 앞에 끌려갈지도 모른다는 불안감은 떨쳐 버릴 수가 없었다.

계집종 계순이는 갑자기 입을 꼭 다물고 말았다.

"말하지 못하겠느냐?"

"무슨 말을 말입니까?"

"누가 누구 집에 팔려갔단 말이냐?"

"모릅니다……. 아무것도 모른다고 하지 않습니까?"

"그래? 그렇다면 할 수 없구나……. 나는 니년이 곳간에서 쌀을 훔쳐내어야 할 사연이 말 못할 깊은 사연이 있는 거겠지 싶어 넘어가려고 했는데…… 니년이 하는 행동을 보니 예사로 넘길 일이 아닐 성 싶구나. 어서 그 치마폭에 흩어진 쌀을 주워담아라!"

"……."

"어서……."

"……."

"뭣 하느냐? 주워담지 않고……."

미홍이의 목소리는 어느덧 양반의 기질이 묻어있었다. 날카롭지는 않았지만 거역할 수 없는 말투였다. 계집종 계순이는 잠깐 망설였다. 그리곤 곳간 앞으로 쪼르르 달려가더니 치마폭을 펼치고 쌀을 주워 담기 시작했다.

계순이는 곳간 앞에 쌀 한 톨이라도 남아있어서는 안 된다는 것을 감지했는지 손으로 한알 한알 쌀알을 주워 담았다. 그리곤 미홍이에게 다가왔다. 계집종 계순이는 분이 풀리지 않는 듯 입이 뿌루퉁해진 채 사납게 내뱉었다.

"안방마님에게 끌고 가고 싶으면 끌고 가요!"

쫓겨나든 곤장을 맞든 아주 각오를 한 듯 계순이는 큰소리로 중얼거렸다.

미홍이는 그런 계순이를 한참이나 지켜보다가 소리를 낮추어 물었다.

"그걸…… 누굴 주려고 했느냐?"

미홍이의 그 소리는 나지막했고 전연 악의가 없었다. 아니…… 안 방마님 권소라에게 끌고 갈 의도가 전연 느껴지지 않는 말투였다.

계순이는 망설였다. 안방마님 권소라에게 끌려가서 바른말을 할 수는 없었다. 어쩌면 미홍이에게 말하는 것이 좋을 듯싶었다. 미홍이는 배를 곯아 본 떠돌이 아이가 아니었던가. 배고픈 심정을 누구 보다도 잘 알고 있는 아이가 아니었던가. 미홍이에게 일말의 양심이 있다면…… 아니, 인간다운 양심이 있다면 이해하고 덮어줄지도 모른다는 생각이 들었다. 계순이는 입을 오물거리며 한참 동안을 망설이다가 천천히…… 그리고 아주 조심스럽게 입을 떼었다.

"하인 김 씨의 아들…… 성재에게 주려고요……."

"뭐? 하인 김 씨의 아들? 하인 김 씨의 아들이라면…… 이미 이곳을 떠나지 않았느냐?"

"예! 떠나긴 했지요…… 아랫동네 최 첨지 댁으로요……."

"최 첨지 댁으로 갔다니? 그게 무슨 소리냐?"

"하인 김 씨의 아내와 아들 성재는 최 첨지 댁으로 팔려간 겁니다…… 못 되고 악질이라고 소문난 최 첨지 댁으로요!"

"그럴 리가 없다!"

미홍이는 믿기지 않아 소리쳤다.

엊그제까지만 해도 안방마님 권소라는 방긋방긋 웃는 얼굴로 미홍이에게 다가오며 말했다.

"미홍아, 이제야 이 애미가 발이라도 뻗고 살 것 같구나……. 하인 김 씨의 식솔들 걱정 때문에 항상 잠을 이루지 못했는데…… 이제야 살길을 마련해주었구나……."

"잘하셨습니다, 어머니……."

"논마지기와 농토 몇 평이라도 사서 여생 살아가라고, 묵직하게 집어주었다. 그리고 이곳에서 살면서 살인자의 식솔이라는 걸 알게 되었을 때 누구한테서 간에 괴롭힘을 당할지 모르기에 먼 곳으로 떠나 살도록 했다. 어딜 가서 살든 잘살 수 있도록 두툼하게 챙겨주었단다."

"잘하셨습니다……, 어머님이 그래 주실지 알았습니다……."

"그러면 이 애미가 하인 김 씨에게 약속했던 건 지켜진 거다……."

"그러셨습니다……."

"이젠…… 이 애미가 무슨 말을 해도 다 믿을 수 있지?"

"예!"

미홍이는 미소를 지으며 대답했고 안방마님은 속이 시원하다는 듯 가슴을 쓸어내리며 웃었다.

"하인 김 씨와의 약속을 지켰으니 내 속도 후련하구나."

그랬던 안방마님 권소라였다. 그런데 하인 김 씨의 식솔들이 아랫동네 최 첨지에게 팔려갔다니? 종살이에서 면해진 게 아니라 다른 집으로 팔려갔다니? 미홍이는 믿을 수가 없었다.

계집종 계순이를 향해 엄숙한 어조로 다그쳤다.

"이년! 한마디라도 거짓으로 말했다가는 혼쭐이 날 줄 알아라! 하인 김 씨의 아내와 아들이 최 첨지에게 갔다니? 종으로 팔려갔단 말이냐?"

"그러믄입쇼…… 종년, 종놈 신세들인데, 종살이로 팔려갔지요!"

"그럴 리가 없다! 정말 그럴 리가 없다!"

"이년이 고자질했다고는 입 밖에도 내지 마십시오……. 도령님에게 이 사실을 일렀다는 걸 알면…… 저는 안방마님에게 죽임을 당합니다. 입을 찢어서 죽이겠다고 했습니다요."

계순이는 벌벌 떨면서 중얼거렸고 미홍이는 한동안 말을 하지 못했다. 입이 얼어붙고 머릿속에는 커다란 돌덩이가 들어온 것처럼 멍멍해졌다. 미홍이의 맑은 눈빛도 흔들리고 있었다.

하인 김 씨의 아내와 아들을 종살이에서 해방시켜줄 수 있다는 일념으로 기꺼이 살인누명도 썼던 하인 김 씨였다. 아내와 아들을 종살이에서 해방시켜주겠다는 안방마님 권소라의 약속을 믿고 기꺼이 형장의 이슬로 사라져 간 하인 김 씨였다. 아내와 아들을 종살이에서 면하게 해주겠다는 안방마님 권소라의 약속을 믿었기에 억울하다는 말 한마디도 못한 채 형장의 이슬로 사라져 간 하인 김 씨를 이렇게 무참하게 배신하다니?

안방마님 권소라는 이렇게까지 능청스럽고 잔인한 여자였던가? 인간으로서 밑바닥까지 추락한 철면피 여자임이 틀림없었다. 그래도 미홍이는 나름대로 안방마님 권소라를 이해했고 그럴 수 있을지도 모른다고 생각했다.

지아비가 친정아버지를 죽이는 것을 두 눈으로 목격했던 부인으로서는 놀랐고 충격적이겠지만 지아비를 지켜내어야 한다는 아내로서의 본능 때문에 애매한 하인 김 씨를 향해 살인자라고 외쳤을 것이다. 좌의정 대감이라는 구정모 대감의 명예도 지켜야 했고 양반 벼슬의 가문도 지키기 위해서 그럴 수 있었을지도 모른다고 안방마님 권소라를 이해했던 미홍이었다.

돌발적이고 격노에 가득 찬 목소리로 하인 김 씨를 향해 살인자라고 외쳤던 권소라는 그 순간 지아비를 지키겠다는 아내로서의 본능 때문이었을 거라고…… 그렇게 생각하고 이해했던 미홍이에게 안방마님 권소라의 이번 소행은 차마 인간으로서는 할 수 없는 일을 하고 만 것이다. 하인 김 씨와의 약속만 지켜주었다면……. 하인 김 씨의 식솔들을 종살이에서 해방시켜주고, 자유롭게 살아갈 수 있는 밑천이라도 주고 다른 먼 곳으로 보내주기라도 했다면 안방마님 권소라는 그런대로 지혜로웠다고 생각했을 것이다.

그러나 안방마님 권소라는 지혜롭지도 않았고 영악하지도 못한 그야말로 인간으로서의 밑바닥으로 추락한 잔인하고 냉혹한 여자에 불과했다. 계집종 계순이의 말이 사실이라면 말이다. 그러나 계집종 계순이도 목숨을 내어놓고 토설한 말이니 그 말을 믿지 않을 수는 없었다.

그러나 미홍이에겐 의심 가는 게 있었다. 최 첨지에게 팔려간 하인 김 씨의 아들 성재에게 쌀을 준다니? 아무리 악독한 주인이라도 종들에게 배를 굶기는 주인은 없을 게 아닌가. 미홍이는 계순이를 내려다보며 은근한 어조로 물었다.

"성재에게 쌀을 주기 위해서라니? 니년 말대로 성재가 최 첨지에게 종으로 팔려갔다면 배 굶을 일은 없을 터인데…… 종을 굶기는 주인은 없으니 말이다."

"성재는…… 이제 종놈은 아닙니다요!"

"뭐? 네 이년! 조금 전에 말하지 않았느냐? 안방마님이 성재를 최 첨지에게 종으로 팔았다고?"

"예! 안방마님은 하인 김 씨의 아내와 아들을 최 첨지에게 종으로 팔아넘겼지요……. 그런데, 그 악독한 최 첨지 놈이 성재의 어머니를 노리개로 삼아 괴롭혔으며 성재 어머니는 그 괴롭힘을 견디다 못해 목을 매어 죽었지요……. 어미가 그렇게 죽자 성재는 반미치광이가 되어 최 첨지에게 죽이겠다고 달려들었고, 최 첨지는 성재의 아버지가 살인자로 참수당한 걸 알고 있었기 때문에 성재가 정말로 자신을 죽일지도 모른다는 생각에서인지, 성재의 종 문서를 돌려줄 테니 살려달라고 했답니다……. 성재는 최 첨지에게서 종 문서를 받고 그 자리에서 종 문서를 갈갈이 찢어 입 안에 넣어 삼켰답니다. 종살이 서러움을 그렇게 끝냈지요……. 하지만 살인자의 아들이라는 이유로 아무 곳에서도 성재를 불러주지 않더랍니다. 일할 게 없으니 끼니도 이어갈 수 없는 처지가 되었지요……. 하인 김 씨 아저씨를 생각해서라도, 또 성재가 불쌍하기도 해서…… 가끔, 아주 가끔 저를 찾아오는 성재에게 쌀 한 줌이라도 보태준 것입니다."

계집종 계순이의 입에서 술술 쏟아지는 말에 미홍이는 아연했다. 하인 김 씨의 일가족이 그렇게 참혹하게 되다니? 권위와 체면을 지키는 안방마님 권소라의 가면 속은 추잡하고 잔인한 본성으로 가득했으며, 악독하기로 소문난 최 첨지는 자신의 목숨을 지키기 위해 목숨값으로 종살이 문서를 성재에게 돌려준 것이다. 이것은 어쩌면 악독한 최 첨지에게 그 어떤 가식도 없는 인간적인 것이었는지도 모를 일이었다.

최 첨지는 목숨값으로 성재에게 종 문서를 돌려준 것이다. 첨지 주제에 성재의 횡포를 감당할 수 없었고, 후환이 두려워 성재와의 인연을 아주 끊기로 한 것 같았다. 욕심 많고 악덕하기로 소문난 최 첨지지만, 목숨이 소중한 것을 알고 목숨값으로 성재에게 종 문서를 돌려주었다는 건 현명한 판단이었는지 모른다.

목을 매달아 스스로 죽어갔던 하인 김 씨의 아내에겐 면목없는 일이지만, 살아남은 성재가 종살이에서 벗어났다는 건 여간 다행한 일이 아니었다. 미홍이는 하인 김 씨의 아들 성재의 모습을 똑똑히 기억하고 있었다. 미홍이보다는 서너 살 위인 듯했고 신체가 남달리 건장했던 하인 김 씨의 아들. 성재는 그날 애비가 끌려가는 달구지 뒤를 쫓아가며 피를 토하는 듯한 소리로 애비를 불러댔었다.

연유야 어찌 되었든 간에 종살이에서 벗어난 하인 김 씨의 아들. 성재가 스스로 살길을 찾을 수 있도록 돕고 싶은 미홍이었다. 하인 김 씨의 아내가 그렇게 참혹하게 죽어야 했던 것도 미홍이에

겐 일말의 책임감과 죄책감으로 남아있었다. 미홍이는 어떤 형식
으로든지 그 죄책감에서 벗어나고 싶었다.

7. 눈 녹으면 길 보이듯

8

특별한 만남

세월이 흘렀다. 미홍이는 훌쩍 컸고 청년이 되었다. 청년이 된 미홍이에겐 화창한 봄 날씨처럼 따뜻하고 눈 부신 햇살이 쏟아지고 있었다. 장원급제를 한 것이다. 떠돌이였던 미홍이가 과거시험을 치렀고 내어놓으라 하는 양반집 자제와 어깨를 나란히 하고 치렀던 과거시험에서 장원을 한 것이다.

대궐에서는 미홍이의 깊은 학문에 놀랐고 여러 중신과 벼슬아치들도 미홍이의 깊은 학문에 혀를 내둘렀다. 미홍이의 학문과 지식은 그렇게 깊고 훌륭했다. 과거시험을 칠 수 있는 문이 열렸고, 과거시험에서 장원만 한다면 벼슬 길로 오를 수 있다는 희망이 어린 미홍이의 가슴을 뜨겁게 했던 것이다. 장원급제해야겠다는 열정과 스스로의 힘으로 벼슬이라도 하겠다는 열망이 미홍이로 하여금 깊은 학문에 도달케 했는지 모를 일이다.

어쨌든 미홍이는 꿈에 그렸던 장원급제를 했고, 미홍이의 장원급제를 누구보다도 기뻐했던 사람은 안방마님 권소라였다. 권소라는 기뻐했다. 진심으로 기뻐하고 있었다. 미홍이가 신분상승을 꿈꾸며 공부에 전념했다며, 안방마님 권소라는 미홍이의 신분상승으로 자신의 가문을 더 빛내려 했고 나아가서는 미홍이가 큰 벼슬자리라도 앉게 된다면 지나간 살인사건 따위는 그야말로 무덤에 갇힌 듯 누구도 꺼낼 수 없는 일이 될 것이라고 여겼던 안방마님 권소라였다. 미홍이를 과거시험에 응하게 했던 안방마님 권소라의 깊은 속셈이 그것이었다.

안방마님 권소라는 회심의 미소를 지었다. 미소의 꼬리가 입 언저리에서 사라지지 않았다.

구정모 대감 댁에서는 큰 잔치가 벌어졌다. 경사였다. 큰 경사였다.

구정모 대감의 아들이 장원급제했으니 이보다 더 큰 경사는 없었다. 동네어른들이 몰려들었고 미홍이에게 덕담 한마디씩 건넸으니…… 구정모 대감 댁 경사뿐 아니라 동네의 경사였고 동네 어르신들에게도 경사였다. 아낙네들은 음식장만을 하느라 분주했고 동네어른들이며 구대감 댁 일가친척이 모여들어 잔칫상을 받았다. 먹고, 마시며 즐겼다. 아무도 미홍이가 떠돌이였다는 것을 들추어 말하는 사람도 없었고 굳이 미홍이의 과거를 캐물으려는 사람도 없었다.

미홍이는 구정모 대감의 아들이었고 구정모 대감의 아들로서 과거시험을 치렀으며 장원급제를 한 것이다. 그것뿐이었다. 그리고 먹고 마시며 즐기면 되는 것이다. 풍악대가 집 안팎을 돌아다니며 덩실덩실 춤을 추었고 풍악을 울려댔다.

장원급제 예복을 입고 큰 갓을 쓴 미홍이의 모습은 단정하고도 늠름했다. 절제된 몸가짐과 예의범절이 익숙한 태도, 그런 미홍이는 정말 어디에 내놓아도 손색없는 양반집 자제며, 이제 누구와 학문을 다루어도 막히지 않을 벼슬길에 오를 양반 모습이었다.

안방마님 권소라는 미홍이를 얼싸안으며 기쁨에 넘친 소리로 외쳤다.

"장하다, 내 아들!"

"……."

"애썼다, 내 아들!"

여느 생모와 다를 바 없는 태도의 안방마님 권소라. 미홍이는 안방마님 권소라에게 안긴 채 한참 동안 서 있었다.

안방마님 권소라는 지혜롭고 영악하긴 했지만, 인간으로서는 밑바닥까지 추락한 능청스럽고 추악한 여자임에는 분명했다. 그러나 미홍이는 안방마님 권소라를 떨쳐낼 수는 없었다. 능청스럽고 추악하긴 했지만 그런 안방마님 권소라의 둥지에서 글공부했고 학문을 닦았으며 오늘 이 영광을 누리게 되지 않았던가. 미홍이는 안방마님 권소라를 따뜻하게 끌어안으며 조그마하고 낮은 목소리로 안방마님 권소라의 귓속에 대고 말했다.

"어머니, 덕분입니다!"

"그렇게 생각하느냐? 그렇게 생각한다면 이 애미는 더 바랄 게 없구나!"

"예, 어머니 덕분입니다!"

미홍이는 같은 말을 거듭했다. 힘을 주듯 말했다.

안방마님 권소라는 쾌재를 올렸다. 모든 것은 그녀의 뜻대로 되어갔다. 남루한 옷차림의 어린 소년이 살인현장을 한순간도 빠뜨리지 않고 목격했다는 것을 알았을 때 당혹스럽고 덜컥 겁이 났던 건 사실이었다. 하인들을 시켜 쥐도 새도 모르게 죽여 버릴까도 생각했었다. 그런데도 얼핏 보아도 시장기를 이기지 못하는 듯한 아이의 표정에서 이 아이가 얼마나 배를 굶고 있었는지를 파악한 순간 안방마님 권소라의 번뜩거리는 지혜로움이 있었다. 아이에게 밥부터 먹이자는 생각이었다. 배를 채우고 난 후 아이의 마음을 떠볼 심사였다.

그런데 배를 채운 아이에게서 기특한 점을 발견했던 안방마님 권소라였다. 배를 채운 아이는 고마움을 알았고 배를 채워준 안방마님 권소라에게 따뜻한 시선을 보냈다.

절대로 사람을 죽이지 않았던 하인 김 씨에게 살인자라고 소리쳤던 자신을 목격하고도 무서워하기는커녕 배를 채워준 고마움만 생각하는 것 같았다. 미홍이의 그런 마음을 파악한 안방마님 권소라는 승부를 걸었다. 이 아이가 살인사건을 목격했다고 해서 매질을 하고 쫓아내어도 불안한 일이었고 쥐도 새도 모르게 죽인다고 해서 마음 편할 일은 아니었다. 내쫓거나 죽이지도 못할 바에는 내 편으로 만들어보자는 안방마님 권소라의 속셈이었다. 그리고 그 속셈에 적중했고 통쾌하기까지 했다. 미홍이에게 과거시험을 치르도록 내비친 것도 잘한 일이며 미홍이가 장원급제까지 했다는 건 쾌재였다. 안방마님 권소라로서도 미홍이의 장원급제가 기쁘지 않을 수가 없었다.

안방마님 권소라는 미홍이를 곁에 세우고는 큰 소리로 말했다.

"여러 어르신…… 오늘 맘껏 마시고, 먹고, 즐기십시오. 구정모 대감 댁 아들이 장원급제했다는 것을 맘껏 떠들어 주시고, 축하해 주시고요……."

"암! 여부가 있겠습니까? 대감 댁 경사이기도 했지만, 우리 고을에서 장원급제자가 나왔으니 우리 고을의 경사이기도 하지요."

"경하드립니다!"

"경하드립니다!"

집안은 온통 축제 분위기였다. 음식을 나르는 아낙네들의 걸음걸이도 나비처럼 가벼웠고 먹고, 마시는 사람들의 웃음도 통쾌하고 시원스러웠다.

이렇게 잔치가 무르익어 갈 무렵, 계순이는 걸음걸이가 바빠졌다. 슬금슬금 눈치를 보아가며 가슴팍과 치맛단 위쪽에 뭔가를 주섬주섬 쑤셔 넣었다. 그러면서 부침개를 지져내는 솥 변두리를 빙빙 돌기도 했다. 미홍이는 아까부터 그런 계순이를 곁눈으로 지켜보고 있었다.

계순이가 그러는 까닭을 알기 때문이었다. 하인 김 씨의 아들 성재에게 먹을 것을 건네줄 계순이의 심사가 예쁘기도 했다. 안방마님 권소라가 알았다가는 경을 치고도 남을 일이다. 아니…… 계순이 말대로라면 쥐도 새도 모르게 이끌려 가서 죽임을 당할지도 모른다. 그런데도 그 무서움을 감수하고 성재에게 먹을 것을 건네주려는 계순이의 마음이 예뻤고 그 마음을 모른척하고 외면할 수가 없었다. 미홍이는 안방마님의 눈을 피해 잠시 자리를 떴다.

"어머니…… 잠시 소피라도……."

"호, 호, 호. 내가 아들을 너무 오랫동안 잡고 있었구나. 그래야지. 어서 갔다 오너라. 아니, 잠시 거처에서 쉬고 있어도 좋겠구나. 그동안 얼마나 힘이 들었을꼬?"

미홍이를 바라보는 안방마님 권소라의 눈빛은 그 어느 때보다도 다정했다.

미홍이는 뒤뜰로 향하면서 계순이 쪽으로 고래를 돌렸다. 계순이와 눈이 마주쳤다. 그날 이후 계순이가 미홍이에게 대하는 태도는 백팔십도로 달랐다. 예전에는 미홍이가 구정모 대감의 아들이라는 것이 꼴 같지 않았고 아니 꼬았지만 어쩔 수 없이 도령 취급을 했다. 그러나 계순이의 마음이 예전과 같지 않았다. 그날 밤 미홍이는 계순이를 안방마님에게 끌고 가지도 않았고 곳간에서 쌀을 훔쳤다는 것을 단 한마디도 언급하지 않았다.

그리고 하인 김 씨의 식솔들이 그렇게 참혹하게 된 것을 가슴 아파하는 게 역력했던 미홍이의 진심을 보았다.

계순이는 주춤거리며 주위를 살폈다. 그리곤 미홍이의 뒤를 멀찌감치에서 따라가고 있었다. 미홍이는 앞서가면서 주머니로 된 보자기 하나를 떨어뜨렸다. 걸어가면서 흘린 것처럼 떨어뜨렸다. 그것은 미홍이가 떠돌이일 때 들고 다녔던 구걸 주머니였다. 얻은 음식을 한꺼번에 먹지 않고 그 주머니에 넣어두었다가 아껴먹고 아껴

먹었던…… 그런 주머니였다. 이를테면 미홍이에겐 밥줄 같았던 귀한 주머니였다. 미홍이는 그 귀한 주머니를 뒤따라오는 계순이에게 떨어뜨려 줬다. 성재에게 줄 음식을 넣으라는 무언의 의미였다. 눈치 빠른 계순이가 그것을 얼른 줍는 것을 보고서야 미홍이는 뒤뜰 해우소로 들어갔다.

계순이는 주머니를 열어 여러 곳에 넣어두었던 음식들을 그 주머니에 집어넣었다. 주섬주섬 집어넣은 음식들이 제법 많았다. 이만하면 성재가 이틀은 버틸 수 있는 음식이었다. 계순이는 음식이 든 주머니를 치마폭으로 덮고서는 뒤뜰 담 밑에 바짝 붙어섰다.

성재를 기다리는 것이다. 성재는 곧 올 것이다. 성재와는 단단히 약속했다. 미홍이가 장원급제를 했다니 그날에는 틀림없이 큰 잔치가 있을 거라고 귀띔을 해주었다. 일정한 거처도 없이 떠돌아다니는 성재였지만 구정모 대감 댁 아들이 장원급제했다는 소문도 들었을 테고……. 계순이와 약속도 있었으니 성재는 꼭 올 것이다. 계순이는 담벼락에 붙어서서 낮은 담 너머로 바깥을 힐끔힐끔 살피고 있었다.

뒤뜰 해우소가 있는 쪽문 담은 낮았다. 쪽문이 잠겼을 때는 성재가 넘어올 수 있는 높이의 담이기도 했다. 그러나 오늘은 계순이가 쪽문도 살짝 열어놓았다. 낮은 담을 뛰어넘든지 쪽문으로 들어오든지 성재는 반드시 올 것이다.

얼마를 기다렸을까? 성재는 낮은 담을 훌쩍 뛰어넘어 계순이가 있는 곳으로 다가왔다. 겨울이 지난 지도 오래되었건만 너덜너덜한 겨울 누더기 차림에 나타난 성재의 몰골은 영락없이 거지꼴이었다. 덥수룩한 머리며, 땟자국이 좌르르 흐르는 얼굴이었다. 여느 청년과 달랐던 건장한 체격과 번쩍거리는 두 눈만 사람 꼴을 하고 있었을 뿐…… 성재의 모습은 측은할 정도로 비참해 보였다.

성재가 종살이에서만 벗어난다면 장군감이 될 것이라고 믿으며 세상을 떠났던 하인 김 씨의 추측과는 너무도 판이해진 성재의 모습이다. 그런 성재를 계순이는 불쌍히 여겼고 동정하고 있었다. 성재를 만난 계순이는 성재의 옷자락을 끌고 뒤뜰 한쪽에 세웠다. 그리곤 미홍이가 떨어뜨렸던 주머니를 내밀었다. 주머니 속에는 여러 가지 음식이 가득했고 묵직하기까지 했다.

"받아!"

"……"

"어서 받아…… 한동안 배를 채울 수 있을 거야……."

"고맙다, 계순아……!" 성재의 목소리는 떨리기까지 했다. 그리고 계순이는 성재를 향해 큰 누님처럼 다정스레 말했다.

"그리고…… 니는 이제 자유의 몸이다. 이곳이 아니더라도 살 수 있으니까…… 이곳을 떠나서 사는 게 좋겠다. 이곳에 더 버티고 있다가는 살인자의 아들이라는 틀에서 벗어날 수도 없는데…… 하루빨리 이곳을 떠나 살길을 찾아야제……."

계순이는 안타까운 듯 성재를 향해 열심히 말하고 있었다. 계순이의 진심이었다. 하인 김 씨가 그렇게 죽은 것도 억울한데 하인 김 씨의 아들 성재까지 거지 신세가 되어 살아가야 한다는 건 너무도 참혹한 일이었다. 성재라면…… 그 건장한 체격에, 빠른 동작이라면 어디에서 살든 잘 살 수 있을 텐데…… 이곳에서 빙빙 돌면 머뭇거리는 게 안타까웠다.

아버지가 살인자가 되어 형장의 이슬로 사라졌던 사실을 다 알고 있는 이곳에서는 성재가 발붙일 곳이 없다는 것을 계순이도 알고 있었다. 그러나 계순이의 그 충고에 성재는 고개를 끄덕거리기는커녕 오히려 고개를 강하게 저었다. 그리고 계순이를 똑바로 바라보며 울음 섞인 소리로 말하는 성재의 눈에서는 한순간 불똥이 튀는 것 같았다.

"안 돼! 떠날 수 없어!"

"……."

"아버지의 살인누명을 벗겨드리기 전에는 이곳에서 한 발자국도 떠나지 않을 거야!"

"뭐? 그러면 성재 니는 너그 아버지가 살인누명을 썼다는 것을 알고 있었던 게야?"

"그럼. 계순이 너도…… 우리 아버지가 살인누명을 쓰고 죽었다는 걸 알았다는 거냐?"

"……."

계순이가 고개를 끄덕거렸다. 그때였다. 어디선가에서 바람처럼 날아온 한 대의 화살. 화살 하나가 계순이의 목을 정확하게 뚫었다. 계순이는 외마디 소리조차 지르지 못하고 쓰러졌고 그 자리는 곧 핏자국이 흥건히 고였다.

"계순아!"

성재는 혼비백산이 되어 계순이를 부르며 무릎을 꿇었다. 금방 숨이 끊어진 계순이를 안으려는 순간 성재를 뒤쪽으로 밀어버린 사람이 있었으니…… 미홍이었다. 해우소에 들렀던 미홍이는 계순이가 만나려 했던 하인 김 씨의 아들 성재를 만나고 싶어 했다. 미홍이가 도울 일이 있다면 무엇이든지 도와주고 싶었기 때문이었다.

그런데…… 이게 무슨 날벼락인가? 계순이에게 활을 쏘다니? 종살이하는 종년에게 무슨 원한이 있다고…… 활을 쏘아 죽이다니? 미홍이는 이 어이없는 사실에 놀란 것도 잠시뿐이었다. 지금은 하인 김 씨의 아들 성재를 돕는 게 더 시급했다. 잘못하다간 하인 김 씨의 아들 성재까지 살인범으로 몰릴지 모를 일이었다. 그런 데다 성재가 계순이를 끌어안고 주춤거리고 있다가는 무슨 봉변을 당할지도 모른다. 그야말로 살인범으로 지목받기에 충분했다. 미홍이는 성재를 떠밀고는 바쁘게 외쳤다.

"어서, 어서…… 달아나시오, 빨리!"

미홍이는 급하게 외쳤고 상황판단이 되었는지 성재는 얼른 몸을 일으키곤 낮은 담을 훌쩍 뛰어넘었다.

성재가 담을 뛰어넘는 것을 확인하고 나서야 미홍이는 소리쳤다.

"누구야?"

미홍이의 소리는 날카로웠고 사방으로 울려 퍼졌다. 뒤뜰로 가장 먼저 뛰어온 사람은 안방마님 권소라였다. 안방마님은 죽은 계순이를 보자 얼른 허리를 굽혀 계순이의 목을 뚫은 화살부터 빼내었다.

그리곤 미홍이를 향해 소리쳤다.

"뭣하느냐…… 어서 뒤따라 가지 않고! 담을 뛰어넘어 간 그놈 뒤를 쫓아가…… 잡아오지 않고! 어서…… 어서 뒤따라 가라니까!"

안방마님 권소라의 소리는 다급했고 날카로웠다. 하인 김 씨를 향해 살인자라고 외쳤던 그때의 목소리 그대로였다.

미홍이는 쪽문을 통해 밖에 나왔다. 담을 뛰어넘었던 성재는 어디로 달아났는지 이미 흔적이 없었다. 성재의 모습이 보이지 않자 미홍이는 안도의 숨을 내쉬었다. 더 빨리…… 더 멀리 가주었으면 싶었다. 성재가 여기에서 붙들렸다가는 무슨 봉변을 당할지 모른다. 아니…… 틀림없이 살인자로 지목되어 아버지 하인 김 씨처럼 형장의 이슬로 사라져 갈지도 모른다. 성재가 더 빨리…… 더 멀리 사라져주기를 바라면서 미홍이는 바깥에서 잠시 어슬렁거렸다.

그리고 미홍이가 쪽문으로 뒤뜰에 돌아왔을 때였다. 이게 웬일인가? 이게 무슨 귀신이 곡할 노릇인가? 계순이의 시체도 보이지 않았고 안방마님 권소라도 없었다. 그 짧은 순간에 계순이가 죽었고 죽은 계순이의 시체도 없어진 것이다. 뒤뜰에 한달음에 달려온 안방마님 권소라가 제일 먼저 했던 일은 죽은 계순이의 시체에서 화살을 뽑아낸 일이었다. 아무리 담력이 큰 사내라 할지라도 금방 숨이 끊어진 시체의 목에 박힌 화살을 빼낼 수는 없었을 것이다. 그러나 안방마님 권소라는 미홍이와 눈도 마주치지 않고 죽은 계순이를 보고도 놀라는 기색도 없이 허리를 굽히더니 화살을 빼내었다. 계순이의 목에 박힌 화살부터 빼내던 안방마님 권소라.

그리고는 미홍이에게 소리쳤다. 담을 뛰어넘은 놈을 쫓아가라고……. 아! 그것은 정말 눈 깜짝할 사이에 벌어진 일이었다. 하인 김 씨의 아들 성재에게 먹을 것을 주려고 했던 계순이. 계순이가 건네준 음식 주머니를 받으면서 몇 마디 주고받았던 두 사람의 말은 그것뿐이었는데…… 정말 그것뿐이었는데…… 느닷없이 날아온 화살 하나가 계순이의 목을 뚫었고 계순이는 외마디 비명조차 지르지 못한 채 숨을 거두었다.

미홍이가 성재를 달아나게 하지 않았다면 계순이를 만났던 성재가 꼼짝없이 살인범을 몰렸을 상황이었다. 성재를 삽시간에 도망치게 한 건 잘한 일이지만 미홍이가 잠시 쪽문 밖으로 나간 사이에 계순이의 시체가 없어지고…… 뒤뜰에는 개미 한 마리 얼씬하지 않았다. 사람이 죽은 현장이라곤 아무도 짐작하지 못할 만큼 조용했다.

미홍이는 얼떨떨했다. 그리곤 무서웠다. 쪽문 틈에서 바르르 떨고 있는 미홍이 앞으로 다가서는 사람이 있었으니 안방마님 권소라였다.

"여기서 뭘 하노?"

"예?"

"어서 안채로 가자꾸나…… 여러 사람이 우리 아들을 기다리는구먼……. 장원급제한 우리 아들 미홍이를 보려고 말이네……."

안방마님은 활짝 웃고 있었다. 아무 일도 없었던 것처럼…… 정말 아무 일도 없었던 것처럼……. 그 능청스러움에 소름이 끼쳤다.

담을 뛰어 넘었던 놈을 쫓아가라고 외치던 그 앙칼지고 매섭던 말투는 언제 그랬냐는 듯…… 안방마님 권소라는 낯빛 한번 변하지 않고 웃고 있는 것이다.

9

잎새는 바람 부는 대로

미홍이는 집안을 샅샅이 뒤졌다. 뒤뜰에서부터 뒤뜰에 서 있는 나무 주변까지…… 쪽문을 받치고 있는 돌담 밑바닥까지도 살피고 뒤졌다. 뒤뜰에 있는 작은 곳간도 살폈고 해우소 안도 살폈다. 그러나 계순이의 시체는 없었다. 계순이의 시체는 아무 데도 없었다.

미홍이가 두 눈으로 확인하지 않았다면 계순이가 죽었다는 것을 절대 믿을 수 없을 만큼 현장은 깨끗했고 사람이 죽었다는 흔적도 없었다. 분명…… 화살은 계순이의 목을 뚫었고 화살은 명확하게 계순이의 목에 꽂혔다. 먼 거리에서 계순이의 목을 명중시켰다는 것은 예사로운 활 솜씨는 아니다……. 활을 오래 잡아본 사람이고…… 활을 잘 다루는 사람임이 분명했다. 그런 사람이 이 집안 어딘가에 있었고 계순이를 죽일 목적으로 호시탐탐 노리다가 활을 쏜 게 틀림없었다.

　외마디 비명도 지르지 못하고 숨이 끊어진 계순이. 누구냐고 미홍이가 지른 소리에 놀란 듯 달려왔던 안방마님 권소라. 안방마님 권소라는 계순이가 죽을 것을 미리 알고 있었던 것처럼 달려왔고 현장에 도착하자마자 계순이 목에서 화살부터 뽑아냈다. 그리곤 미홍이에게 소리쳤다.

　"담을 넘어간 놈을 쫓아가라고⋯⋯!"

　긴박하고도 날카로웠던 안방마님 권소라의 외침이었다. 그 외침을 외면할 수는 없었다. 못 들은 척할 수는 없었다. 아니⋯⋯ 미홍이에겐 성재가 현장을 떠나 멀리 달아났기를 바랐던 마음이 더 컸을지도 모른다. 안방마님 권소라의 재촉에 부리나케 쪽문을 나왔던 건 그런 의도였다.

　그런데 그 짧은 순간에 죽은 계순이가 없어진 것이다. 계순이가 죽었던 현장이 말끔히 치워져 있었다. 그야말로 개미 한 마리 죽은 흔적없이 말끔히⋯⋯ 말끔히 치워졌다. 죽은 계순이가 살아서 숨었을 리가 없었고 혹시라도 계순이가 죽지 않고 숨이 붙어있지 않았나? 싶겠지만 계순이는 분명 죽은 목숨이었다. 안방마님 권소라가 계순이의 목에서 화살을 빼낼 때도 계순이는 이미 숨이 끊어진 상태였다. 그런데 죽은 계순이가 감쪽같이 없어진 것이다.

안방마님 권소라는 죽은 계순이를 본 적도 없는 사람처럼 시치미를 뚝 떼고 능청을 부렸다. 방실방실 웃기까지 하면서 미홍이의 등을 떠밀며 안채로 들어왔다. 그러나 이것은 절대로 묵인할 수 없는 일이었다. 계순이의 시체를 찾아야 했다. 계순이의 시체를 찾아야만이 이 일을 해결할 수가 있었다. 그런데…… 계순이의 시체는 아무 데도 없었다. 집안 구석을 샅샅이 뒤져도 계순이의 시체는 찾을 수가 없었다.

미홍이는 집 안팎을 유령처럼 돌아다녔다. 계순이의 시신을 찾아내기 위해…… 이곳저곳을 기웃대며 돌아다녔다. 계순이가 죽은 것을 목격한 건 미홍이 뿐인데…… 아니, 안방마님 권소라와 달아난 하인 김 씨의 아들 성재가 전부였다. 안방마님 권소라는 능청스럽게도 아무것도 모르는 것처럼 입을 다물었고…… 성재는 달아난 상태다. 계순이의 시신을 찾아야만 계순이가 죽어야 할 이유도 밝힐 수 있고…… 또 누가 활을 쏘았는지도 알게 될 텐데……. 죽은 계순이를 찾을 수가 없었다. 정말로 이대로라면 미홍이 자신도…… 제 눈을 의심할 수밖에 없었다. 계순이가 죽은 것을 목격하고도…… 그것이 아니었던 것처럼 착각이 들 정도였다.

답답하고 안타까워서 가슴을 쳤다. 그야말로 미홍이 자신이 이대로 미치고 말 것 같았다. 그런 심정이었다. 헌데 그때였다. 미홍이의 눈에 한 줄기 빛이 보였다. 구정모 대감의 서재에서 불빛이 새어 나오고 있었다. 모두가 잠든 시간…… 그리고 아주 깊은 밤이었다. 대감께서 책을 읽는다 해도 너무 깊은 밤이었다.

미홍이는 구정모 대감의 서재가 있는 쪽으로 몸을 돌렸다. 그리고 한 걸음 한 걸음, 걸음을 옮겼다. 구정모 대감의 서재는 안채와 떨어진 아래채 별관이었다. 미홍이는 발소리를 죽여가며 천천히, 천천히…… 아주 천천히 아래채 별관으로 향했다. 불빛이 새어 나오는 서재를 향한 미홍이의 걸음걸이는 숨을 죽인 듯 조심스러웠다. 그리고 가슴은 뛰고 있었다.

서재 문을 살며시 열고 들어선 순간 미홍이는 제 눈을 의심하듯 놀라고 말았다. 구정모 대감의 등잔불을 켜놓고는 그 아래에 쭈그리고 앉아있었다. 활대를 거머쥐고 빙빙 돌려대며 히죽히죽 웃고 있는 구정모 대감. 아! 그렇다. 이 집안에서 활을 다룰 사람은 구정모 대감뿐이었다. 왜? 그 생각을 못 했을까? 그런데 구정모 대감이 하잘것없는 종년을 향해 활을 쏘았다니? 그것 또한 의외였다. 종년 계순이가 죽을 죄를 지었다면 대감의 한마디 말로써 포도청에도 보낼 수 있고…… 하인들을 통해 죽일 수도 있을 터…… 꼭 구 대감이 손수 활을 쏘아 죽여야 했던 것일까?

구정모 대감은 활대를 잡고 이리저리 돌려대며 히죽히죽 웃기도 했고, 그리고 중얼댔다.

"건방진 년!"

"……."

"종년 주제에 건방을 떨어……!"

마치 정신나간 사람처럼 같은 말을 반복해서 중얼거리고 있었다.

미홍이는 그런 구정모 대감 앞으로 다가서면서 구정모 대감이 빙빙 돌리고 있는 활대를 움켜잡았다. 그리곤 빈틈을 주지 않고 추궁하듯 말했다.

"그래서…… 계순이를 죽였습니까?"

"그래! 내가 죽였어! 화살 한 촉이면 죽을 년이 꽤 건방을 떨었거든."

"종년이 겁도 없이…… 대감님에게 무슨 건방을 떨었을까요?"

"나더러…… 안방마님에게서 종 문서를 받아오든지, 빼앗아오든지, 훔쳐오든지 해서 달라는 거야!"

"종 문서를요?"

"그래! 그년이 나한테서 원하는 게 그 종 문서였어!"

"대감님에게 종 문서를 달라고 하면서 뭔가를 협박했군요……."

"그년이…… 그 건방진 종년이…… 나더러 장인을 죽인 살인자라는 거야……. 하인 김 씨가 아니라 바로 나라는 거야……. 그러면서 날 협박을 했다니까……. 종 문서만 건네주면 그 비밀 무덤 속까지 가져가겠다면서……. 허, 허, 허, 참……. 종년한테 별 협박을 다 받았다니까……!"

구정모 대감은 어처구니가 없다는 듯 혀를 끌끌 차기도 했다. 학문에만 골몰했던 양반님의 얼굴이 일그러지고 있었다. 높은 벼슬을 하고…… 가문을 지키고 양반행세에 몸이 배였던 구정모 대감이었지만…… 십여 년 전 그 살인사건의 악몽에서는 쉽게 깨어날 수가 없었다.

장인어른을 죽였다는 자책감! 멀쩡한 하인 김 씨에게 살인누명을 씌워 참수시킨 죄책감! 그런 것들이 바윗덩어리보다 더 무거운 무게감으로 짓눌려왔던 것이다. 그럴 때마다 주문처럼 하인 김 씨를 떠올리며 중얼대곤 했던 것이다.

"장인어른을 죽였던 건 하인 김 씨야!"

"하인 김 씨가 장인어른을 죽였던 거야……!"

구정모 대감이 그렇게 중얼거릴 때마다 계집종 계순이는 총알처럼 빠르게 말을 받았다.

"대감님! 아니에요……. 장인어른에게 칼을 쑤셔댔던 건 바로…… 대감님이셨어요! 하인 김 씨가 아니라 대감님이셨다고요……!"

　아래채 별관에는 안방마님 권소라도 얼씬하지 않는 곳이다. 구
정모 대감이 아래채 별관 서재에 있을 때면 계집종 계순이만 드나
들었다.

　물심부름이며 자질구레한 일들을 돕기 위해서였다. 구정모 대감
은 계집종 계순이가 가까운 곳에 있다는 걸 깜빡깜빡 잊고는……
혼잣말처럼 그렇게 중얼거리곤 했는데 그럴 때마다 계집종 계순이
는 구정모 대감을 향해 대감님이 살인범이라고 외치곤 했다. 그날
일을 더는 떠올리고 싶지 않았던 구정모 대감은 계집종 계순이가
그 말을 할 때마다 섬찟섬찟했었다. 그렇다고 제 입으로 계순이가
그런다고 안방 여자에게 말할 수도 없었다. 그날 일을 더는 떠올리
고 싶지도 않거니와 대감의 체면으로써는 말할 수 없는 부분이었다.

　그러나 자책감과 죄책감에 사로잡혀있었던 구정모 대감은 자신
도 모르게 주문처럼 중얼거리곤 했다.

　"장인어른을 죽인 건 하인 김 씨야!"

　"하인 김 씨가 장인어른을 죽였어!"

　구정모 대감은 그런 주문 같은 말을 뱉어내면서 자신을 위로하
고 있었고 무겁게 짓눌리는 죄책감에서 벗어나려 했다.

　그리고 계집종 계순이는 그런 구정모 대감을 협박하듯 해서 종
문서를 받아내려고 궁리했던 것이고…… 계집종 계순이로서는 하

루속히 이 종살이에서 벗어나고 싶었다.

종년의 신세. 종놈의 신세가 얼마나 비참하고 참혹해지는가를 계집종 계순이는 뼈저리게 느끼고 실감했다. 주인댁의 말 한마디에 어디론가 팔려갈 수도 있고 주인을 대신해서 살인자도 되어야 하고…… 정말이지 그 끝을 알 수 없는 종년, 종놈의 신세들이다. 계집종 계순이는 구정모 대감에게서 종 문서를 받아내려고 틈만 있으면 협박을 했고 조르기도 했다. 종 문서를 받아내기 위한 필사적인 노력이었고 목숨을 내놓은 작업이기도 했다. 그러나 계집종 계순이는 몰랐다. 양반이 그렇게 만만한 존재가 아니라는 것을……. 벼슬하는 양반이 그렇게 호락호락한 존재가 아니라는 것을…….

미홍이는 구정모 대감을 바라보며 느긋이 물었다.

"그럼…… 계순이의 시신은 어디다 숨겼습니까?"

"몰라!"

구정모 대감은 한 마디로 잘라버렸다. 정말 모르는 것인지도 모른다. 계순이의 시체를 숨긴 건 분명 안방마님일 거라는 확신이 섰다. 미홍이는 돌아섰다. 그리고 아래채 별관 서재에서 나왔을 때였다. 뒤뜰 쪽문에서 두 장정이 나가고 있는 것이 얼핏 보였다.

미홍이는 황급하게 쪽문 쪽으로 뛰었다.

9. 잎새는 바람 부는 대로

후문으로 나갔을 때 건장한 남자 두 사람이 뭔가를 무거운 듯이 들고는 바쁜 걸음으로 뒷산 후미진 곳으로 향했다. 그들은 끙끙대며 주위를 힐끔힐끔 살피면서 걸었고 미홍이는 그들의 뒤를 조심스럽게 밟아가고 있었다.

10

은밀한 마님

은행나무 잎이 엽서처럼 흩어지는 깊은 가을이었다. 겨울을 재촉하는 계절처럼 구정모 대감 댁에서는 이유도 모를 냉기가 느껴졌다. 그렇게 당당하고 안하무인이었던 안방마님 권소라가 무슨 연유에서인지 의기소침해졌고…… 주눅 든 사람처럼 표정마저 어두웠다.

하인들을 불러대는 소리도 예전만 못했다. 앙칼지고 날카롭던 목소리는 듣기 힘들 정도로 말이 없었다. 하인들에게 분부하거나 지시할 일이 있으면 손짓으로 하인을 불렀고 분부하는 말씀에도 기운이 없어 보였다. 그리고 보니 안방마님 권소라는 며칠 사이에 엄청 수척한 모습이었다. 몸이 불편하다며 안방에서 자리 보존하는 일이 잦아졌고 종년들이 정성껏 올린 밥상이었지만 수저를 든 혼적조차 없었다. 음식을 전연 입에 대지 않는 것 같았다. 가끔 식혜나 수정과 같은 마실 것을 찾을 뿐이었다.

그러면서 누구든 안방 거처를 얼씬거리지도 못하게 했다. 심지어 미홍이한테도 안방 출입을 하지 못하게 단단히 일러놓았다. 처음에는 몸이 불편해서 그러려니 싶었다. 며칠 앓고 나면 괜찮겠지 싶었다. 그러나 안방마님 권소라는 며칠 사이에 더 수척해졌고 기력이 없어 보였으며, 하인이나 종년들에게 분부를 내려야 하는 것도 귀찮아했다.

넓은 뜰과 안채, 아래채 앞마당에는 겨울을 재촉하듯 떨어지는 낙엽송들이 수북한데…… 하인들도 조금씩 꾀를 부리는 듯 빗질하는 게 게을러졌고, 총알처럼 오락가락하던 계집종이며 다른 아낙네들도 행동이나 동작들이 느슨해지고 있었다. 가끔 한두 명 뭉쳐서 쑥덕거리기도 했고, 겁먹은 표정으로 고개를 갸우뚱거리기도 했다. 이러다가 구정모 대감 댁이 폐가라도 되지 않을까 싶었다.

구정모 대감은 십여 년 전 그날 그 사건 이후로 평소 때 대감님 모습을 조금씩 잃어간 지가 오래였다. 집안사람과 대면하여 말을 섞는 일도 없었고 안채까지 오르는 일은 거의 없었다. 아래채 서재에서 기거하는 시간이 많았다. 식사 때도 안채까지 오시지 않았고, 아래채 서재에서 밥상을 들고 오게 했다. 그랬던 구정모 대감은 계순이가 죽고 난 후에는 조금씩 변해갔다. 미홍이를 불러내어 집안을 살피라고 분부하기도 했고, 이따금 서재 앞뜰을 거닐기도 했다. 어쩌면 십여 년 전 그 일을 기억에서 조금씩 몰아내고 있는 것 같았다. 그리고…… 은근히 협박하듯 괴롭혔던 계순이 년이 죽었다는 안도감을 느낀 듯 조금씩 대감의 체면을 세워보려는 듯해 보이기도 했다. 대궐 출입도 잦았고, 집안을 거닐기도 하면서 가끔 혼자서 방긋이 웃기까지 했다. 이대로라면 구정모 대감 댁에서 예전과 같은 평온함과 권력가의 위세가 활개를 펼칠 만했는데 지혜롭고 영악스럽기만 했던 안방마님이 시름시름 앓고 있으니…… 집안 곳곳에서 냉기가 느껴지고 이유 없이 칙칙한 그늘에 휩싸여 있었다.

그런 분위기가 달포나 되었을까. 계절은 완연히 겨울로 접어들었고 사방에서는 을씨년스럽게 바람이 불어대곤 했다. 그리고 아주 깊은 밤.

미홍이는 잠결에 번쩍 눈을 떴다. 누군가가 미홍이를 부르고 있었다. 애절하게 불러댔다. 처음에는 제 귀를 의심했다.

"미홍아!"

애절한 소리였다. 마치 연인이라도 불러대는 듯한 애절함이었다.

"미…… 홍…… 아……."

이번에는 느릿한 목소리였다. 띄엄띄엄 미홍이를 불러댔지만 그 소리는 절절하고 절박했다.

"미……홍…… 미홍아!"

이번에는 성급했고 날카롭기까지 했다. 앙칼짐은 없었지만, 그 날카로운 소리의 여운은 귀에 익은 목소리였다.

안방마님 권소라의 소리가 틀림없었다. 미홍이는 번쩍 눈을 떴고, 그리고 자리를 박차고 일어섰다. 방문을 연 순간, 맞은편 쪽 안방 문이 빼꼼히 열린 것이 보였다. 안방마님 권소라가 비스듬히 앉은 채 손짓을 하고 있었다.

"미홍아!"

그리고 은근하고 애절한 소리로 미홍이를 불렀다.

"이리…… 오너라."

애절하고 절박한 소리로…… 그러나, 조용하고 나지막한 소리였다. 목소리뿐만 아니라 손짓까지 하는 안방마님 모습에서는 뭔지 모를 절박함이 느껴졌다.

미홍이는 방문을 닫고 맞은편 안방으로 향했다. 빼꼼히 열린 안방 문을 열고 들어서자 방안에서는 기이한 냄새가 났다. 코끝으로 스며오는 냄새는 과히 기분 좋은 냄새는 아니었다. 미홍이는 자신도 모르게 코를 막으며 방안을 두리번거렸고 그때 안방마님 권소

154

라는 어서 방문을 닫으라고 눈짓을 했다. 조급해하는 모습이었다. 미홍이는 안방 문을 닫았고 안방마님은 윗목에 깔린 이부자리에 얼른 올라가는가 했더니 엎드렸다. 마치 곤장이라도 맞을 기세로 엎드린 안방마님은 거침없이 치마폭을 걷어 올리고는 이내 아랫도리 속옷을 홀렁 끌어내리는 것이다. 그 동작이 어찌나 빠르고 거침이 없었던지 미홍이는 한순간 얼이 빠진 듯 서 있었고 놀란 입을 다물지도 못했다.

안방마님 권소라는 그런 미홍이를 올려다보며 다급한 소리로 외쳤다.

"앉거라⋯⋯."

"⋯⋯."

"내 옆으로 바짝 붙어 앉거라⋯⋯."

절대 거역할 수 없는 힘이 넘친 소리였다. 미홍이는 자신의 의지와는 달리 나무토막처럼 뻣뻣해지는 몸을 느끼며 안방마님 권소라가 엎드려있는 옆으로 온몸을 무너뜨리듯 주저앉았다. 그리고 보았다. 아랫도리 옷을 홀렁 내리고 엎드려있는 안방마님 권소라의 깊은 속살을⋯⋯ 그리고 너무 놀라서 두 손으로 입을 틀어막았다. 미홍이 자신의 두 눈이 튀어나오는 것 같았다.

안방마님 권소라의 살점 깊은 엉덩짝은 바라보기조차 민망할 정도로 벌겋게 부어올라 있었다. 금방이라도 터질 것 같은 붉은 풍선 같았다. 살점 깊은 곳에서는 피고름이 꾸역꾸역 흘러내렸고 안방마님 권소라는 고통을 참아내느라 깊은 신음만 냈다. 베개에 얼굴을 묻은 채 토해내는 신음은 점점 거칠어졌고 나중에는 비명처럼 새어 나왔다.

안방마님 권소라는 살점 깊은 엉덩짝에서부터 생살을 앓고 있었다. 생살이 곪으면서 염증이 생기고, 피고름이 고이고…… 차마 누구에게 드러내놓고 보일 수 없었던 곳이었기에 혼자서 끙끙대며 앓기만 했다. 더 참을 수 없을 만큼 아팠고 죽을 만치 아팠다. 체면 없이 미홍이를 부를 수밖에 없었다.

안방마님 권소라는 소리쳤다.

"살 속 깊은 데서부터 곪고 있었다……. 피고름이라도 뽑아내어야 한다."

"……"

"그래야만…… 내가 살 수가 있어!"

안방마님 권소라는 절규하듯 외쳤다. 부끄러움도…… 체면도…… 없어 보였다.

미홍이는 안방마님이 아랫도리를 홀렁 내리고 드러내놓고 있는 옆에 조심스럽게 앉았다.

바로 이것이었구나. 십여 년 전 새벽녘 안방에서의 그 기이한 광경은…….

차마 누구에게 드러내어 놓을 수 없었던 깊은 속살이 곪아가고 있었으니 체면 불고하고 부끄러움을 무릅쓰고 친정 아비를 불렀다. 친정 어미를 일찍 여위었던 권소라는 친정아버지를 불러들였다. 친정아버지 앞이라면 부끄러움도 덜했고 무엇보다 밖으로 새어 나갈 일이 없다고 판단했던 것이다.

부끄러움을 덜고 속살이 곪아갔던 것을 비밀로 하고 싶었던 안방마님의 생각이 그날의 참상을 불러일으킨 것이다. 차라리 계집종 하나를 불러서 시켰다면…… 부끄러움이나 소문 따위는 시간만 흐르면 잠잠해질 것을……. 지혜롭고 영악스러웠던 안방마님 권소라였건만 눈앞에 벌어질 부끄러움이나 소문이 두려워 친정 아비를 불러들였던 게 화근이 되었고 돌이킬 수 없는 참상을 일으키고 만 것이다.

며칠 밤을 안방으로 드나들면서 딸의 상처를 치료했던 권 씨 어른은 밤마다 안방마님의 안방을 드나드는 괴이한 남자로 오인받았고 질투로 눈이 뒤집혔던 사위 구정모의 칼침을 맞은 것이었다.

미홍이는 가제 수건을 풀어 안방마님 권소라의 속살을 덮고 상처 부위를 만지기 시작했다. 상처는 깊었고 곪은 깊이는 더 깊었다. 손으로 짜내어야 할 엷은 염증이 아니었다.

미홍이는 안방 문을 활짝 열어젖히고 큰소리로 외쳤다.

"이리 오너라!"

하인들을 불러댔다. 계집종과 하인들이 우르르 달려왔고, 활짝 열린 안방 문으로 안방의 기이한 광경을 지켜보았다.

안방마님 권소라는 아랫도리를 훌렁 드러내놓은 채 엎드려 있고, 미홍이가 그 곁에 앉아있었다. 흰 가제 수건으로 속살의 일부를 덮어 놓고 있었지만, 그 광경은 민망할 정도였다. 하인들과 계집종들이 고개를 돌리기도 했고 시선을 떨구기도 했다.

그러자 미홍이는 하인들과 계집종들을 돌아보며 말했다.

"안방마님이 그동안 속살 깊은 곳에 생살을 앓으셨던 모양이다. 염증이 깊고 넓다. 고름을 뽑아내어야 하니…… 세숫대야를 준비하고 따뜻한 물도 준비해서 가져오너라."

미홍이는 하인들을 속이지도 않았고 계집종들에게도 감추지 않았다.

안방마님이 속살 깊은 곳을 앓고 있었다고 털어놓았고, 그리고 공공연하게 치료하기 시작했다.

하인들과 계집종들에게 잔심부름을 시키면서 온 정성을 쏟아 치료에 열중했다. 정말이지…… 미홍이는 정성을 쏟았다. 생모를 대

10. 은밀한 마님

하듯 정성스럽고 조심스럽게 치료했다. 안방 문을 활짝 열어 놓고, 하인들과 계집종들이 보는 앞에서 안방마님 권소라의 깊은 살을 짜내고, 더듬고, 피고름의 뿌리까지 빠져나오도록 짜내었다.

안방마님 권소라는 지혜롭고 영악하긴 했지만, 인간의 밑바닥까지 추락한 능청스럽고 추악한 여자임은 틀림없었다. 그러나 떠돌이 미홍이에겐 은인이었다. 미홍이를 도와준 의도가 무엇이었든지 간에 미홍이를 도와주었던 건 사실이었으니까…….

미홍이의 배를 채워주었고 글공부를 하게 했고, 과거시험을 칠 수 있는 배경을 만들어 준 사람은 안방마님 권소라였다. 미홍이는 그 은혜를 갚는 심정으로 치료했다. 안방마님 권소라의 입에서 신음이 낮아졌다. 그리고 동창이 밝아오고 있었다.

구정모 대감은 대청 끝에서 모습을 숨기며 지켜보고 있었다. 오랫동안 묵혀있었던 궁금증과 의아심이 한꺼번에 풀어지고 있는 순간이었다.

II
북촌로 향기

동이 트기 시작했다. 동녘 하늘을 비추며 떠오르는 해는 찬란하고 눈부셨다. 언제나 맞이하는 아침 해였지만 오늘따라 유달리 더 컸고 더 빛났으며 더 밝았다. 동녘 하늘에서부터 북촌로 마을까지 아침 해는 찬란하게 비추어댔다.

그 찬란한 아침 햇살을 뚫고 북촌로 마을에 들어서는 한 필의 말이 있었다. 그 말은 북촌로 마을을 향해 급히 달려오고 있었다. 그리고 그 뒤를 이어 여러 마리의 말이 말발굽 소리도 요란하게 북촌로 마을에 들어서고 있었다.

"암행어사 출두요!"

"암행어사 출두요!"

"암행어사 출두요!"

 북촌로 마을 집집마다 기왓장이 들썩거릴 정도였다. 졸고 있었던 나무가 흔들리고 잎새들이 떨었다. 깊은 잠에 빠졌던 양반들은 허겁지겁 일어났고 양반댁 마님들은 몸을 움츠리며 안방구석으로 피신하곤 했다.

 죄가 있거나 죄가 없거나 암행어사 출두라는 한 마디는 어진 백성들의 마음을 조바심 나게 하는 커다란 충격이기도 했다.

 암행어사 출두라니! 북촌 마을에 암행어사 출두라니! 사람들이, 아니 북촌 마을 기와집 안에서의 양반들은 몸을 사시나무 떨 듯하면서 있었다. 암행어사가 출두한 것이다. 북촌 마을에 암행어사가 출두했다. 이게 어디 예사로운 일인가?

 암행어사가 출두했다는 소리는 쩌렁쩌렁하게 울려 퍼졌고 북촌로 마을이 떠나갈 듯 요란스러웠다.

 암행어사가 출두했다는 소리가 북촌 마을을 메우며 쩌렁쩌렁하게 울려 퍼짐과 동시에 구정모 대감 댁 황금빛 큰 대문이 활짝 열렸다.

 "암행어사 출두요!"

 대문 앞에서부터 울려 퍼지는 소리였다. 하인들과 계집종들은 숨을 곳을 찾아 허겁지겁 쫓아다녔고 구정모 대감은 아래채 서재 앞마당에서 가슴이 땅에 닿도록 몸을 바짝 엎드렸다. 안방마님 권소라는 안채 대청에서 몸을 굴리듯이 떨어지며 기둥을 받치고 있는 댓돌 옆에서 머리를 조아렸다.

커다란 대청에서는 암행어사가 이미 자리를 잡고 앉았다. 관복을 차려입고 큰 갓을 쓴 암행어사는 아직 어렸고 앳된 얼굴을 하고 있었다. 스무 살 안팎의 미소년이었다. 늠름하고 단정한 모습의 미홍이었다. 암행어사 미홍이는 대청 밑 댓돌 옆에 머리를 조아리고 있는 안방마님 권소라를 내려다보았고 아래채 서재 앞마당에서 가슴이 땅에 닿도록 엎드려 있는 구정모 대감을 한동안 지켜보았다. 그리곤 앞마당에 진을 치고 서 있는 포졸들을 향해 큰소리로 외쳤다. 위엄을 갖춘 엄숙한 목소리였다.

"여기…… 좌의정 구정모 대감 댁에서는 십여 년 전에 살인사건이 있었다. 살인자는 이미 그 죗값으로 참수를 당했다. 헌데…… 죽은 살인자는 살인자가 아니라 살인 누명을 썼다는 고발이 있어, 그 진상을 밝히고자 한다."

앞마당에 나열해 서 있는 포졸들도 숨소리를 죽인 듯 조용했고 구석구석에 숨어 있던 하인들과 계집종들은 가슴을 조였다. 혹시라도 자신들에게 죄의 불똥이 튈세라 가슴을 조이며 숨을 죽였다.

대청마루를 받치고 있는 댓돌 옆에서 머리를 조아리고 엎들려 있던 안방마님 권소라는 온몸을 사시나무 떨듯이 떨었다. 구정모 대감은 땅이 꺼지는 대로 내려갈 듯이 몸을 땅에 바짝 붙인 채 숨을 죽여야만 했다.

하늘은 무심하지 않았고 죄와 벌은 가려지는 법인가 보다. 억울하게 죽은 하인 김 씨의 원망 소리가 사방에서 윙윙거리며 들리는 것 같았다.

암행어사 미홍이는 소리쳤다. 위엄이 가득한 엄숙하면서도 예리한 칼끝 같은 소리였다.

"발고자는 앞으로 나와라!"

"……."

암행어사 미홍이 앞으로 모습을 나타내는 젊은 청년! 비록 옷은 남루했지만 건장한 체격에서 느껴지는 힘이 있었다. 하인 김 씨의 아들 성재였다. 성재는 가슴을 펴고, 그러나 암행어사 미홍이 앞에서는 몸을 굽히고 조심스럽게 섰다.

"네가 발고자냐?"

"예!"

"네 신분을 먼저 밝혀보아라!"

"예! 이놈은 구정모 대감 댁의 하인이었던 김 씨의 아들 김성재입니다."

"애비는 이미 십여 년 전에 살인자로 참수되었거늘, 십여 년이 지난 지금에서 애비가 살인자가 아니었다니? 살인 누명을 썼다니 그 연유를 말해보아라."

"예! 그때는 이놈이 구정모 대감 댁 하인으로 메여 있었던 몸이라 억울해도 억울하다고 말 한마디 할 수 없었고, 아비가 살인자가 아닌데도 살인자 누명을 쓴 정황을 밝혀 달라고 할 수 없었던 종놈의 신세였습니다."

"하면, 애비가 살인자가 아니었다는 확실한 증거라도 있단 말인가?"

"예! 어사님!"

"어디 내어놓아 보아라!"

암행어사 미홍이의 수사는 꼼꼼했고 공개적이었다. 처음부터 끝까지 진상 파악의 허점을 보이지 않았다. 누구나 알고 누구나 쉽게 이해할 수 있도록 물음이 있었고 답을 들었고 암행어사만이 판단하는 것이 아니라 마당에 모인 모든 사람…… 귀 있는 사람은 듣고 눈 있는 사람은 보면서 판단하게끔 공정하고 공평한 진상 파악이 시작되었다.

성재는 아비 하인 김 씨가 참수당하러 가면서 급하게 가슴으로 쑤셔 넣었던 것을 암행어사 미홍이에게 내밀었다. 한지에 둘둘 싸인 물건은 칼이었다. 날이 긴 단도 칼이었다. 그날의 참상을 말하듯 칼끝에서는 아직도 핏자국이 남아 있었지만, 칼자루는 금, 은으로 요란하게 장식이 되어 있었다.

미홍이는 그 칼을 번쩍 들어 올려 보였다. 집 안에 있는 모든 사람이 한눈에 볼 수 있도록 번쩍 들어 올린 칼자루를 살피며 암행어사 미홍이는 말했다.

"이 칼은 칼날에 아직도 피가 묻어 있다. 피는 말라 있지만 칼자루에 박혀 있는 금, 은장식은 번쩍번쩍 빛나고 있다. 이런 칼은 높은 고관 벼슬아치 몇 명만 가질 수 있는 특별한 칼이다. 단도 칼이긴 하지만 칼날이 길고 칼자루는 짧다. 높은 고관 벼슬아치들이 목숨이 위험한 상황에 닥쳤을 때 호신용으로 내리신 상감의 선사품이다. 이 칼은 하인이 소유할 수 있는 물건이 아니다. 상감의 선사품인 호신용 칼을…… 그…… 아내에게 줄 고관 벼슬아치도 없다. 그러므로 하인 김 씨가 안방에서 훔쳤는지 모른다는 추측조차 할 수 없는 일이다. 이 칼이 말한다. 그날의 참상을. 이 칼이 증명한다, 살인자는 하인 김 씨가 아니라 이 댁 대감님이신 구정모 대감이시다!"

흔쾌한 판단이었다. 암행어사 미홍이는 하인 김 씨가 남긴 칼 한 자루로 살인자를 밝혀냈다.

하인 김 씨를 살인 누명 씌웠던 유일한 칼이 세월이 지난 지금에서 하인 김 씨의 살인 누명을 벗길 수 있었던 유일한 칼이 되었고 유일한 증거품이 되었다. 그러나 미제사건 하나가 더 남아 있었다. 계순이의 죽음이었다. 계순이를 죽인 사람도 있고 계순이의 죽음을 확인했고 본 사람은 있는데 계순이의 시체는 없었다. 계순이의 시체를 찾아내야만 계순이를 살해한 범인을 잡을 수 있고 계순이를 죽인 연유도 밝힐 수 있었다.

암행어사 미홍이는 그 의문점을 마당에 모인 모든 사람에게 밝히고 풀어내려고 작심한 듯 권좌에서 몸을 일으켰다. 그리곤 나직했지만 슬픈 어조로 말했다.

"이 집에서는 또 한 건의 살인사건이 있었다. 이 집 구정모 대감의 종년이었던 계순이가 살해되었다. 화살이 목을 뚫고 들어갔으며 외마디 비명조차 지르지 못한 채 숨을 거두었다. 계순이를 죽인 사람도 있고 계순이가 활을 맞고 죽은 것을 눈으로 보고 확인한 사람도 있다. 그런데 계순이의 시체가 없어졌다. 감쪽같이, 흔적 없이……. 헌데, 지금 계순이의 시체를 실은 달구지 한 대가 들어올 것이다. 이 댁 구정모 댁 하인과 여종들은 그 시체가 계순이의 시신이 맞는지 아닌지 확인하도록 해라!"

사방에서 웅성거리는 소리가 들렸고 구석구석으로 숨었던 하인들과 여종들이 마당으로 모여들었다.

그리고 마당으로 한 대의 달구지가 천천히 들어섰다. 달구지 위에는 가마니로 덮인 시신이 있었으니……. 이미 부패한 상태였는지 달구지가 마당에 들어서자 악취가 진동했다. 달구지를 끌고 온 장정은 구정모 대감 댁 하인이었던 힘센 장 씨였고 또 한 사람은 서 씨였다. 암행어사 미홍이는 그들을 향해 지엄하게 물었다.

"두 사람이 구정모 대감의 하인들이더냐?"

"예!"

"시체가 없어졌던 연유와 시체를 달구지에 실어서 여기까지 온 연유를 너희 입으로 밝혀보아라."

늠름하고 단정한 모습의 미홍이었지만 계순이의 시체가 없어졌던 연유를 밝히라는 분부는 날카롭고 매서웠다. 암행어사 미홍이의 날카롭고 매서운 질문에 하인 장 씨가 먼저 몸을 굽혀 땅에 엎드리며 아뢰었다.

"예! 죽을 죄를 지었습니다."

"사람이 죽었으면 장례를 치러야 하는 법. 죽은 사람이 양반이든, 종놈이었든 죽음 앞에서는 귀천도 없는 법이거늘, 너희들은 어쩌자고 시체까지…… 함부로 손을 대었더란 말이냐?"

"죽을 죄를 지었습니다. 죽을 죄를 지었습니다. 허나, 종놈의 신세인지라 안방마님의 분부를 거역할 수가 없었습니다!"

"안방마님의 분부가 어떠했더냐?"

"아무도 모르게 시체를 숨기라고 분부하셨습니다!"

"그리고?"

"그리고 그날 밤에 시체를 들고 나가서 아무도 모르는 곳에 묻어 버리라고 했습니다."

"낮에는 시체를 숨기라 했고, 밤에는 시체를 묻으라고 하셨단 말이냐?"

"예!"

"예!"

두 장정이 이구동성으로 대답했고 암행어사 미홍이는 고개를 끄덕거리며 이번에는 안방마님 권소라를 향해 날카로운 질문을 던졌다.

"왜 그랬느냐?"

"주, 죽을 죄를 지었습니다."

"왜 그랬느냐고 묻지 않느냐?"

"지, 지아비를 지키고자……."

"그렇다! 모두 들으시오. 구정모 대감 댁 안방마님 권소라는 친정아버지를 주인 지아비를 살인자에서 구해내려고 하인 김 씨를 희생시켰고, 안방마님 친정아버지를 죽인 구정모 대감의 살인현장을 목격한 계순이는 지긋지긋한 종살이에서 벗어나려고 구정모 대감에게 심심찮게 협박을 했다. 계집종 계순이의 협박에 시달렸던 구정모 대감은 집안이 잔치 기분으로 떠들썩한 틈을 이용하여 계순이를 죽이려고 계획했다. 서재 앞마당과 뒤뜰은 마주 보이는 곳이었고 구정모 대감이 활을 쏘아 계순이를 죽일 수 있는 절호의 장소였다. 구정모 대감은 활촉을 잡아당겼고…… 그것을 목격한 안방마님은 이번에도 지아비를 지키기 위해 그 알량한 지혜를 짜낸 것이다.

계순이가 죽는 순간 함께 있었던 하인 김 씨의 아들에게 이번에도 살인 누명을 씌워 참수시키려 했던 계획이었다. 하인 김 씨의 아들이 도망을 쳤고 현장에서 잡지 못했던 탓에 첫 계획이 비뚤어지자 이번에는 시체를 숨기고 암매장해서 계집종 계순이의 죽음을 아예 묻어버리고 말 계획이었던 것이다. 지아비를 구하고 양반의 가문을 지키겠다는 핑계로 하인들의 목숨을 희생시켰던 안방마님 권소라의 죄는 살인을 한 구정모 대감보다 더 엄중한 처벌을 받아야 마땅하다. 암행어사 미홍이의 살인사건 판결은 그렇게 완벽하고 통쾌하게 마무리되었고 암행어사 미홍이는 마당에 모인 하인들에게 일렀다.

"모두 나서서 시신을 보고 확인해라!"

암행어사 미홍이의 분부였다. 악취 나는 시신 앞으로 다가가 가마니를 들추어보던 하인들이 소리쳤다.

11. 북촌로 향기

"계순이다!"

"계순이가 맞습니다."

악취가 지독한데도 그들은 마다치 않고 계순이의 시신을 확인했다. 그리고 약속이나 한 듯 울음을 터뜨렸다.

불쌍한 계순이었다. 아니 종년으로 태어난 신세가 가엾고 불쌍했다. 살인 누명을 쓰고 참수를 당한 하인 김 씨를 보면서 종살이를 한다는 게 얼마나 비참한 일인가를 깨달았던 계순이는 종살이 신세만이라도 면하기 위해 끊임없이 구정모 대감을 괴롭혔다.

살인했다는 공포감과 죄없이 참수를 당해야 했던 하인 김 씨에게 죄책감을 느끼고 있는 구정모 대감은 계순이의 괴롭힘을 떨쳐 낼 수가 없었다. 종 문서를 갖다 주기만 하면 이 집에서 떠나 어디론가 떠나겠다는 계순이었다.

그러나 구정모 대감에겐 괴롭히는 계순이보다 안방마님 권소라가 더 무서웠다. 안방마님 권소라에게 계집종의 종 문서를 빼낸다는 것은 양반의 체면상 차마 할 수 없는 일이었다. 양반으로서의 위신과 체면을 세우기 위해 종년 하나를 죽여 버리는 것이 쉬웠을 것이다.

계순이는 양반의 체면을 지키려는 구정모 대감에게 목숨을 잃었다.

미홍이는 이 기막힌 사실에 잠시 침묵했다. 그리고는 대청을 받치고 있는 축담 옆에 몸을 웅크리고 있는 안방마님 권소라에게 살며시 다가갔다. 안방마님 권소라의 귓전에 입술을 바짝 갖다 댄 미홍이는 나지막하게 그리고 아주 은근한 소리로 속삭였다.

"그런데 하인 김 씨와의 약속은 왜 지키지 않으셨습니까?"

"…… 그건 ……."

"예? 그건 왜요?"

"종년, 종놈들은 태어난 대로 살아야지, 종 문서를 쥐어 주었다가는 주제를 모르고 꿈틀대거든……."

"……."

"종 신세를 벗어났다고 주인의 비리를 까발리고 다닐 게 뻔하니까, 아예 싹을 잘라버려야 했거든."

안방마님 권소라는 입가에 엷은 미소를 지었다. 무서운 말이었다. 종 문서를 지니고 있는 한 종놈, 종년들은 양반들의 수족에 불과하다는 것을 여실히 들어내고 있는 안방마님 권소라의 대답에 얼굴이 하얗게 질려버린 미홍이었다.

양반이라는 근성은 칡덩굴보다도 더 질기고 지독한 것이었다.

암행어사 미홍이는 소리쳤다.

"구 대감은 살인자다! 포박하여 압송하라!"

그리고 안방마님 권소라를 향해서도 외쳤다.

"안방마님이신 권소라도 포박하여 압송하라! 살인방관죄에, 시신 유기죄!"

암행어사 미홍이는 쩌렁쩌렁한 목소리로 외쳤다. 그러면서 미홍이의 눈시울은 붉어지고 있었다. 아니, 눈에는 눈물이 그렁그렁 고이고 있었다. 살인현장을 목격하고도 침묵했던 죄, 하인 김 씨가 억울하게 참수를 당했는데도 무관심했던 죄, 미홍이 자신의 죄는 누가 단죄할 것인가.

미홍이는 흑마의 고삐를 잡았다. 구정모 대감이 타던 그 흑마였다.

어디론가 떠나야 했다. 북촌로에서의 향기는 없었다. 지아비를 지키기 위한 안방마님 권소라의 잔인하고 치밀했던 지혜도 결코 향기가 아니었다. 어쩌면 양반의 체면을 지키기 위한 악취일 뿐이었다.

미홍이는 눈시울을 붉히며 흑마의 등에서 엉덩이를 걷어찼다. 어디론가 떠나기 위해서였다. 그런데 이게 웬일인가. 주인이 아닌 것을 안 흑마는 미친 듯이 두 발을 들고 뛰었다. 그 서슬에 미홍이는 낙마하면서 엉덩방아를 찧었다. 지나간 모든 것이 한 토막의 꿈인 듯했다.